Geschichten zum Schmunzeln

Kurt-Achim Köweker

Höhenflug mit Bodenhaftung

Geschichten zum Schmunzeln

Bibliographische Information der Deutschen Nationalbibliothek:
Die Deutsche Nationalbibliothek verzeichnet diese Publikation
in der Deutschen Nationalbibliographie; detaillierte
bibliographische Daten sind im Internet über
http://dnb.de abrufbar.

© 20017 Kurt-Achim Köweker
Herstellung und Verlag:
BoD – Books on Demand. Norderstedt

ISBN 9783744873383

Inhalt

Für Ursula

Anamnese

Ich rede gern. Und viel. Zu viel, wie meine Freundin sagt, wenn ich sie bei Freunden mal wieder nicht habe ausreichend zu Wort kommen lassen. „Überall musst du deinen Senf dazu geben," predigt sie mir. „Sei doch einfach mal still und hör zu. Üb das mal – einfach nur zuhören, so schwer kann das doch nicht sein, Himmelherrgott!"

Sie hat keine Ahnung, wie schwer mir das Zuhören fällt. Wahrscheinlich bin ich zu ungeduldig. Wenn sich jemand – und vornehmlich eine Frau – auf den Weg zu einer Meinung begibt und dabei viele Umwege und Kehrtwendungen macht, muss ich tief durchatmen. Bevor sie noch zu Ende gekommen ist, weiß ich schon, was sie eigentlich sagen wollte, und unterbreche sie: „Aber ..."

Ich bin natürlich anderer Meinung als sie. Schon aus Prinzip. Männer wie ich wissen alles besser und müssen zwangsläufig widersprechen. Oder wenigstens eine andere Meinung vertreten. Die Dinge auf sich beruhen lassen können sie nicht. Sie müssen das letzte Wort haben. Und das letzte Wort sollte, so wünsche ich es mir, zudem noch eine Pointe sein, damit ich die Lacher auf meiner Seite habe. Für eine gute Pointe zur rechten Zeit würde ich meine Großmutter verkaufen; leider habe ich keine mehr, so dass die Sache mit der Pointe Glücksache bleibt.

„Du laberst und laberst und laberst ohne Punkt und Komma", behauptet meine Freundin immer wieder und stellt mir eine Diagnose, die mich ärgert: Ich litte, um es medizinisch auszudrücken, unter 'Wörter-Diarrhoe. Manchmal benutzt sie auch folgende Variante: „Du redest wirklich nur Scheiß. Und das mehrt sich in letzter Zeit." Das sind die seltenen Augenblicke, in denen mir nichts mehr einfällt außer:

„Du blökst wie eine frustrierte Ehefrau."

„Und du nervst wie ein hirnrissiger Ehemann!"

„Aber ich bin nicht dein Ehemann!"

„Zum Glück nicht, sonst wäre ich schon längst in die Elbe gesprungen!"

Geschrei, Türknallen. Ich muss eine Prise frische Wendlandluft nehmen, es weht kalt von Osten. Im Schafstall blöken die Schafe. Pfützen auf dem Hof, ich mitten drin. Irgendwo hinterm grauen Himmel fließt angeblich die Elbe, in die sie springen würde, wenn ich ihr Mann wäre. Seit achtzehn Jahren lebe ich mit ihr auf diesem Resthof. Einmal habe ich versucht, sie zu heiraten. „Geht nicht", bedauerte sie, „du kannst ja nie 'ja' sagen ohne eine Einschränkung! Und ein 'Ja, aber' gilt nicht unter der Kanzel." Dabei blieb es, streiten kann man sich auch ohne amtlichen Ehe-Segen.

Trotzdem. Alles war gut zwischen uns, also Manches. Im Bett war alles Kanone, im übrigen Bereich eher Kleinkaliber, um im Militärjargon zu bleiben. Der übrige Bereich begann im Laufe der Jahre eine immer größere Rolle zu spielen. Zu meinem Leidwesen. Wenn das so weitergeht, rasseln wir in eine Krise, die Elke und ich. Deswegen bin ich ja zu Ihnen gekommen. Aus eigenem Antrieb. Auch wenn die Elke mich etwas angeschoben hat. Die Elke, kann ich Ihnen sagen, ist ein Kapitel für sich, über das ich stundenlang reden …

Gut, gut, ich bleibe bei mir, dem Burkhard. Bei uns im Wendland kennt man meinen Familiennamen gar nicht, ich bin für alle einfach der Burkhard. Der Alleskönner. Tischlern, mauern, kochen, gärtnern, Schafe züchten, Kinder erziehen, reden und die Leute mit Liedern und flotten Sprüchen entertainen – überall bin ich ziemlich Spitze. Sogar im Gemeinderat bin ich gelandet. Ich habe ein gewinnendes Lachen im Gesicht, das wirkt garantiert ansteckend. Nur meine Frau, also die Elke, lacht nicht. Nicht mehr. „Nun lach doch mal", lach ich sie manchmal an .„Ach Burki", ruft sie dann, als riefe sie unseren Hund, dabei haben wir gar keinen. Fehlt nur noch, dass sie mich hinter den Ohren krault. Diese Verniedlichung von Burkhard verbitte ich mir. Meistens vergebens.

In der Laienspielgruppe, in der ich den Ton angebe, bin ich natürlich der Burkhard. Unangefochten. Ich spiele mit Lust und Hingabe und die Leute mögen mich. Ist bisher nie anders gewesen. Und dann diese seltsamen Dinge. Zuerst die Elke mit ihrem Laber-Vorwurf. Früher hat mein Reden sie begeistert, so sind wir überhaupt erst   zusammengekommen.

Seit wir zusammen sind, hat ihre Begeisterung Jahr für Jahr nachgelassen. Dann der Fall Schröderstraße in Lüneburg. Ich hatte da zu tun und da sitzt Rosi. Ich denk', ich seh' nicht recht. Da sitzt Rosi vorm Lokal, in eine blaue Decke gewickelt, und raucht. Vor zwanzig Jahren habe ich sie das letzte Mal gesehen, damals hatten wir ein kleines …, egal. Danach ging sie in die USA, wollte im Filmgeschäft Karriere machen, hat auch so einen Halbwegs-Star geheiratet, dann noch einen, dann war sie für die Presse vergessen. Die Rosi mit ihrer rosa Schleife im Haar, das blond gefärbt ist. Überhaupt ist sie ein bisschen fett geworden. Sitzt da und raucht, als wärs gestern. Gestern rauchte sie noch nicht. Und da steht wahrhaftig ihr Fahrrad an der Wand, auch rosa, mit Propeller am Lenker, als wär's gestern! Gibt's doch nicht, dachte ich, sagte „Hallo Rosi, Schatz, toll dich zu sehen", drückte ihr einen Kuss auf die aufgespritzten Wangen und zog mir einen Stuhl an ihre Seite: „Wie geht's denn, altes Haus?" Und hab', ohne ihre Antwort abzuwarten, erzählt, wie ich das eben so mache, vielleicht etwas ausführlicher als sonst.

Sie schaute mich an als redete ich Suaheli, kniff die Augen zusammen wie eine Schwerhörige, wandte sich dann zur Seite. Ich drehte sie zu mir zurück, lachte sie an mit meinem ansteckenden Lachen. Sie lachte nicht mit, starrte mich an, stand plötzlich auf, haute mir eine herunter und setzte sich wieder. Ich war sprachlos, was selten vorkommt. Und benommen. Und ratlos. So saßen wir einen Moment stumm nebeneinander. Dann kam eine Frau, gestikulierte mit ihr, Rosi gestikulierte zurück, unverständliche Handbewegungen, dann gingen beide, das Fahrrad und ich blieben zurück. War wohl nicht ihr Fahrrad und ich wohl nicht ihr Ex. Hat mich etwas verunsichert, der Vorfall.

Dann Elke zuhause. Ich erzähl' ihr. Ihr Kommentar: „Siehst du, Burki, das kommt davon. Wer nicht zuhören kann, versteht nichts."

„Wie bitte? Was soll ich verstehen?"

Sie zuckt die Schultern und geht. Wochen später, beim Frühstück, sagt sie, sie habe von mir geträumt. Sie habe am Elbdeich gestanden, unten auf der Wiese hätten Kisten und Pakete gelegen, ein riesiger Haufen Wörter, fein verpackt, Burkhards gesammelter Wortschatz, portioniert in Tausende von Päckchen. Da sei sie ans Ufer getreten und habe begonnen, alles, Stück für Stück, in die Elbe zu schmeißen. Wie kleine Schiffchen seien sie davon gesegelt. Ihr sei beim Arbeiten richtig warm geworden, denn sie habe fertig werden wollen, bevor ich dazu käme. Und dann sei sie schweißnass aufgewacht. Das erzählte sie mit heiterem Gesicht und zwischen einem halben Dutzend Schlückchen Tee. Ich sagte nichts weiter dazu. Außer: „Dass du so unverschämt von mir träumst, das verbitte ich mir!" Da lachte sie und ich lachte nicht mit. Der Hammer in der nächsten Nacht. Ich träumte, was ich sonst nie tue: Ich stehe am Elbdeich. Unten auf der Wiese mein gepackter Wortschatz. Und Elke, die ihn Stück für Stück ins Wasser schmeißt. Vor jedem Wurf schaut sie zu mir hinauf. 'Nicht!' will ich schreien, es geht nicht. Mir fällt 'nicht' nicht ein. Mir fällt gar nichts ein. Ich strenge mich an wie verrückt. Von meinem Schrei ist Elke aufgewacht. „Hast du denn?", nuschelt sie schlaftrunken. Ich kann nur keuchen, bringe kein Wort heraus. Sie schläft weiter.

Von nun an jede Nacht dieser irre Traum, es ist zum Verrücktwerden. „Ach Burki", sagt Elke und krault mich hinterm Ohr.

Mein Gott, ich bin doch ein Mann in den besten Jahren, keine fünfzig (also fast sechzig), und lasse mich nicht klein kriegen. Morgen hat ein Stück unserer Laienspielschar Premiere, ein Fastnachtsspiel von Hans Sachs, dann zeige ich's allen. Ich spiele den Ehemann einer heuchlerischen Ehefrau. Ich tue so, als stürbe ich, kaum bin ich tot, jauchzt die Witwe vor Vergnügen – und ich fahre vom Bett hoch und es gibt ein Donnerwetter.

Und nun Premiere. Alles gut. Ich liege mit geschlossenen Augen scheintot auf dem Bett, sie freut sich, fällt ihrem Galan um den Hals, ich fahre aufs Stichwort aus den Kissen hoch, öffne die Augen und sehe - Elke. Das kann nicht sein, sie sitzt im Zuschauerraum, das weiß ich. Trotzdem. Ich sehe Elke vor mir, die meine Wörter wegwirft – und mir fallen sie nicht ein. Nicht ein einziges. Die Souffleuse schreit, dass man sie in der letzten Ecke des Wirtshaussaales hören kann, mir nützt es nichts. Ich bin sprachlos. Sekunden dehnen sich wie Ewigkeiten. Nichts. Es wird nicht besser, wenn ich noch länger warte. Ich stehe auf und gehe ab. Ohne Donnerwetter.

Das könne jedem mal passieren, sagten meine Mitspieler. Als es mir bei der nächsten Vorstellung an haargenau derselben Stelle wieder passierte, sagten sie nichts mehr. Nach der dritten Vorstellung bin ich nicht mehr hingegangen. Stand in den Pfützen auf unserem Hof und habe geschrien, bis ich heiser war.

„Ach Burki" sagte Elke.

„Fass mich nicht an!", schrie ich. Ich hätte sie umbringen können. Vielleicht tu ich's ja noch. Vorläufig bin ich mal zu Ihnen gekommen. Und frage Sie: „Was jetzt?"

Blauer Engel

Er war der erste Patient, den sie allein besuchte. Er lag mit von den Medikamenten aufgedunsenem Kopf im Bett, sein Gesicht schien wie ein bleicher Mond aus dem Kissen. Er zwang er sich zu einem Lächeln und versuchte, sich aufzurichten, als Henrike Voss an sein Bett trat: „Was kann ich für Sie tun, schöne Frau?" Damit war seine Kraft erschöpft, er sank zurück.

Sie sei eine ehrenamtliche Helferin, wie es hier in der Klink viele gäbe, sogenannte blaue Engel, wegen des hellblauen Kittels, den sie trügen.

„Blauer Engel mit roten Haaren", unterbrach er sie schwach.

„Und mit viel Zeit für Sie, wenn Sie wollen," ergänzte sie. Selbst jetzt, wo seine Zeit zu Ende geht, kommen diesem Mann nur Plattheiten über die Lippen, dachte sie. 'Hirntumor, inoperabel', hatte die Stationsschwester sie eingewiesen, 'maximal zwei Wochen noch'. Der Kranke streckte ihr seine Hand entgegen:

„Herbert Wühne. Das Rot steht Ihnen übrigens gut." Für weitere Komplimente war er zu schwach. Sie nahm seine Hand und legte sie aufs Laken zurück.

„Ich bin Henrike Voss", sagte sie und wusste nicht mehr, ob sie das sagen oder den Patienten gegenüber anonym bleiben sollte; erst vor kurzem hatte sie eine Ausbildung als Blauer Engel abgeschlossen.

„Helfen Sie auch?", tönte es aus den Kissen.

„Ja, wenn ich kann", antwortete sie.

„Sie können", nickte er. Die Tür öffnete sich, eine zierliche Frau in den Fünfzigern trat ins Zimmer, zog ihren Mantel aus, legte ihn über das Fußende und wandte sich an die Frau im blauen Kittel:

„Ich bleibe jetzt ein paar Stunden."

„Siehst du", sagte Herbert Wühne zu seiner Frau, „jetzt habe ich neben dir auch noch einen blauen Engel, bis irgendwann der schwarze kommt." Die Frauen begrüßten einander, dann ging Frau Voss. Sie komme wieder, versprach sie, zweimal in der Woche helfe sie auf der Station.

Als sie ihn zum zweiten Mal besuchte, ließ er sich von ihr vorlesen. „Egal was, ich höre Ihre Stimme gern." Sie versuchte, das unbehagliche Gefühl zu verdrängen, das sie in seiner Gegenwart beschlich. Die Art, wie er mit ihr umging, erinnerte sie an einen Mann aus ihrem früheren Leben. Sie begann zu lesen. Er unterbrach: „Kann ich Ihnen vertrauen?"

„Ja sicher", sagte sie, „ganz bestimmt. Natürlich."

„Dann können Sie mir auch helfen, das ist gut zu wissen. Lesen Sie weiter."

Er habe schon auf sie gewartet, sagte Herr Wühne, als Henrike Voss Tage später zum dritten Mal an seinem Bett stand. Wie sie ihm helfen könne, fragte sie. Er liebe seine Frau, sagte er; jetzt, wo es mit ihm zu

Ende gehe, habe er erst begriffen, was sie ihm bedeute. Das Reden strengte ihn an.

„Wir haben viel Zeit", sagte der blaue Engel.

„Sie ja, ich nicht. Würden Sie meiner Frau einen Blumenstrauß nach Hause bringen? Sie wohnt in der Innenstadt."Er zog einen Umschlag unter der Decke hervor und gab ihn ihr. „Die Adresse ist drin. Und Geld für die Blumen, Fresien, sie liebt gelbe Fresien. Als Zeichen meiner Liebe."

Sie hole ihm natürlich gern die Blumen, am besten jetzt gleich, damit er sie selber seiner Frau überreichen könne, wenn sie ihn gleich besuchen komme, sagte Frau Voss und und war gerührt von der Idee ihres Gegenübers. Wühne schüttelte mühsam den Kopf:

„Sie verstehen mich falsch! Sie müssen ihr die Blumen nach Hause bringen, so gegen neun. Von der Arbeit geht sie erst zu mir, dann zu sich nach Hause. Dann kommen Sie, bringen ihr die Blumen und können anschließend die Briefe mitnehmen." Er musste eine Atempause machen. Frau Voss verstand nicht:

„Briefe mitnehmen?"

„Die Liebesbriefe! Sie sollen nicht in ihre Hände fallen. Sie liegen oben in der weißen Kommode im Keller, ich habe eine Skizze gemacht!" Er klopfte auf den Umschlag auf der Bettdecke. Wieder eine Pause der Erschöpfung, er atmete schwer. Auch der blaue Engel musste schlucken, als er begriff, was der todkranke Mann von ihm verlangte. „Und dann verbrennen", keuchte er, „sie soll nichts davon erfahren, auch nicht, wenn ich tot bin." Henrike Voss starrte ihn sprachlos an.

„Ich soll hinter dem Rücken Ihrer Frau …"

„Es ist ganz leicht. Neben der Gästetoilette ein paar Stufen hinunter, da steht die Kommode, oben, das kleine Fach …."". Er hielt ihr den Umschlag hin: „Hier, nehmen Sie, bevor sie kommt! Bitte! Helfen Sie mir."

Er sank schwer atmend ins Kissen zurück, der Umschlag entglitt seiner Hand und fiel auf den Boden. Henrike Voss stand lange sprachlos und wusste nicht, was tun. Sie sah seinen flehenden Blick. Langsam bückte sie sich, hob den Umschlag auf, steckte ihn ein.

„Ich weiß nicht, ob ich das kann", sagte sie, strich ihm über die Hand und ging.

Sein flehender Blick verfolgte sie durch den Nachmittag und stritt sich mit ihrem strikten Vorsatz, aufrichtig durchs Leben zu gehen, ohne die Tricks und Täuschungsmanöver, mit denen sie es gute zwanzig Jahre lang als Bankkauffrau und Fondsberaterin zu Ansehen und Geld gebracht hatte. Nun hatte sie ihr Leben in neue Bahnen gelenkt und erfahren, dass man alles, was man man für andere tut, auch für sich selber tut und damit Zufriedenheit und Glück findet. Aber nun? Wenn sie dem Todkranken helfen wollte, musste sie das heimlich, hinter dem Rücken seiner Frau tun. Sie hasste solche Heimlichkeiten. Wenn sie jedoch die Hilfe verweigerte, würde sie vielleicht zwei Menschen unglücklich machen – ihn und sie, falls später die Briefe entdeckt würden. Was also tun?

Sie wusste es nicht, als sie an der Tür des kleinen Reihenhauses klingelte. Frau Wühne brauchte einen Augenblick, um sie wiederzuerkennen, bat sie dann ins Haus. Sie standen im Flur, Frau Voss übergab den Strauß: „Von Ihrem Mann. Er bat mich, ihn für sie zu kaufen" – 'als Zeichen meiner Liebe' verschwieg sie.

„Fresien, meine Lieblingsblumen", sagte Frau Wühne, sog den süßen Blumenduft ein, wandte sich dann jäh ab. Der blaue Engel sah durch die offene Küchentür, wie die schluchzende Frau die Blumen immer neu in der Vase arrangierte; er ging zu ihr und nahm sie in die Arme. Sie sei viel allein, sagte Frau Wühne und wischte sich die Tränen aus dem Gesicht. Sie setzen sich an den Küchentisch; er war für zwei Personen gedeckt und noch nicht abgeräumt.

„Ich hoffe immer, er kommt wieder zur Tür herein, dann muss er essen, er war immer so hungrig, hungrig aufs Leben, und jetzt muss er sterben. Ich weiß nicht, wie es weitergehen soll ohne ihn. Lässt mir vom Krankenhausbett aus Blumen bringen, das ist doch … lieb."

Ob es wirklich so lieb war, fragte sich still der Engel, der jetzt ohne blauen Kittel, aber mit leuchtend roten Haaren, unter der Küchenlampe saß.

Ob sie verheiratet sei und Kinder habe? Die roten Haare ständen ihr gut. „Nein", antwortete sie. Der

Mann, mit dem sie zwanzig Jahre gelebt habe, hatte eigene Kinder und eine eigene Frau, und war außerdem mit der Bank verheiratet, in der auch sie, Henrike Voss, gearbeitet habe. Er sei ihr Chef gewesen. Sie sind eine Spitzenkraft; sie können jeden um den Finger wickeln, sogar mich', habe sie ihr Chef gelobt, und sie dann behandelt wie sie ihre Kunden behandeln sollte: beschwatzt, gelockt, mit Versprechungen gefüttert und hingehalten, zwanzig Jahre lang. Dann habe sie radikal einen Schlussstrich gezogen. Schluss mit ihm. Schluss mit der Bank. Schluss mit der Bankkauffrau. Schluss mit halbherzigen Versprechungen, Schluss mit Handeln wider besseres Wissen, kein Zurück mehr; sie habe ihre langen brünetten Haare kurzgeschnitten und hennarot gefärbt und trage sie wie einen Stempel unter einem Kapitel abgeschlossener Lebensgeschichte.

Die zierliche Frau Wühne strich sich die Haare, die wie ein blonder Vorhang über den verweinten Augen hingen, aus der Stirn. „Und jetzt haben Sie ein neues Leben begonnen, das ist mutig. Ich wäre so froh, wenn ich mein altes noch lange so weiterleben könnte. Er fehlt mir so." Sie stand auf. „Kommen Sie, wir holen uns einen Wein aus dem Keller." Sie ging voran die kurze Treppe in den Keller hinunter. Neben dem Weinregal stand die verstaubte weiße Kommode. „Suchen Sie sich eine Flasche aus, mein Mann liebt gute Weine, er wird sie nur leider nicht mehr trinken können."

Oben im Haus klingelte das Telefon; sie komme sofort zurück, sagte Frau Wühne und lief hinauf. War das ein Wink des Himmels? Mit einem Griff zog der blaue Engel die kleine Kommodenschublade auf, fand das in Packpapier gewickelte Päckchen, steckte es sich in den hinteren Hosenbund und schob das Jackett darüber. Sie tranken ein Glas Wein in der Küche; das Gespräch schleppte sich dahin. Es sei nicht immer leicht mit ihrem Mann gewesen, er habe beruflich viel unterwegs sein müssen, aber es sei eine schöne Zeit für sie beide gewesen; davon werde sie leben, auch wenn er gestorben sein sollte. „Ja", sagte der blaue Engel, trank aus und verabschiedete sich. Frau Wühne brachte sie zur Tür. Ob man sich vielleicht wiedertreffen könne?

„Ja, vielleicht", sagte der blaue Engel und ging. Zuhause zündete Henrike Voss ein Feuer im Ofen an, entkorkte eine Flasche Wein, schenkte sich ein, legte sich Mozarts Klarinettenkonzert auf, setze sich in einen Sessel vor der Feuerstelle, wickelte das Päckchen auf und warf Brief für Brief ungelesen in die Flammen.

Und wenn es nun nicht Liebesbriefe sondern andere Dokumente waren?, durchfuhr es sie heiß. Zu spät. Es gab kein Zurück.

Am nächsten Tag besuchte sie Herbert Wühne außerhalb ihres normalen Dienstes. Sie komme nur, um ihm den Umschlag zurück zu bringen, sagte sie, legte ihn aufs Bett, verabschiedete sich und verließ den

Raum. Sprachlos hatte Herr Wühne zugesehen. Zitternd öffnete er jetzt das Couvert. Er fand eine Quittung des Blumengeschäftes, das Rückgeld und ein Häufchen Asche. Ein Lächeln glitt wie ein Sonnenstrahl über sein Gesicht.

Auf Augenhöhe

„Was machst du wieder für ein Gesicht!", sagte sie, „schau dich mal im Spiegel an."

Morgens um halb acht mag ich mich noch nicht anschauen, mein Rücken schmerzt, damit habe ich genug zu tun. Lächeln vor dem Frühstück ist ohnehin eine Aufgabe, die mich überfordert.

„Geh zum Arzt, anstatt hier herumzuhängen und zu klagen."

Falls ich ein finsteres Gesicht habe, wird es nach solchen Ansprachen noch finsterer. Es hellte sich erst im Laufe des Vormittags auf, als ich mich entschlossen hatte, einen Orthopäden aufzusuchen. Sie wird schon sehen, was sie davon hat, mich zum Arzt geschickt zu haben: allein wird sie zu Hause sitzen, während ich tagelang in der Klinik von Abteilung zu Abteilung geschoben werde ...

Schon auf dem Weg in die Praxis verlaufen sich meine Rückenbeschwerden ins Ungefähre. Fast habe ich ein schlechtes Gewissen, weil ich zum Arzt gehe. Der Orthopäde ist ein älterer Herr; wenn mich nicht alles täuscht, macht auch er ein finsteres Gesicht, als er mich sieht. Statt mich nach meinen Gebrechen zu fragen, will er wissen, was ich beruflich mache.

„Gemacht habe", antworte ich und lasse nebenbei das Stichwort 'Theater' fallen. Er ist sehr interessiert.

„Erzählen Sie!" Ich erzähle. Sein Gesicht hellt sich zunehmend auf. Mir ist, als führe ich im Fahrstuhl seiner Wertschätzung von Etage zu Etage aufwärts, bis wir beide auf Augenhöhe sind – der Arzt und der Patient. Von Beschwerden ist nicht mehr die Rede, sie sind der Rede nicht wert.

Wir reden über wichtige Dinge. Er spiele Geige in einem Laienorchester, strahlt der Arzt, wir seien sozusagen im weitesten Sinne Kollegen. So reden wir über Musik, Theater, Gott und die Welt. Zwischendurch blickt die Sprechstundenhilfe ins Zimmer und erinnert mit vielsagendem Blick an das überfüllte Wartezimmer. Dann geht sie wieder. Der Doktor folgt ihr, hält die Tür einen Spalt offen, winkt mich mit einer Kopfbewegung zu sich heran. „Sehen Sie?"

Wir sehen beide hinaus ins Wartezimmer: Menschen mit finsteren Gesichtern sitzen da, das Leiden Christi zu Fuß. Er schließt die Tür.

„Da sitzen sie und meinen, ich könne ihnen helfen. Aber ihnen ist nicht zu helfen. Man wird alt, so ist das. Man bekommt seine Problemchen und wird sie behalten, bis man in der Kiste liegt, so ist das. Aber das glauben die natürlich nicht. Also muss ich so tun, als ob es Abhilfe gäbe. Alles Theater!" Er schüttelt freundschaftlich meine Hand.

„Und was haben Sie?", scherzt er.

„Rücken", lächle ich und versuche, das Gesagte durch eine wegwerfende Geste zu bagatellisieren.

„Jaja", sagt der Doktor, „wenn man morgens aus dem Bett steigt. Ich kenne das. Schrecklich."

„Und beim Schuhe-Zubinden!"

„Ja, ja, ja, ja", lacht er, „das geht nur noch mit Tricks!"

Wir sind uns einig. Da helfe auf Dauer nur eines: Vorsicht, wenn man volle Bierkisten aus dem Auto hebe. Und Gewöhnung. Und vielleicht noch regelmäßige Rückengymnastik, aber dazu habe er als Arzt meistens entweder keine Zeit oder keine Lust.

„Da müssen wir durch", sagt er herzlich und verabschiedet mich. Ich durchquere das Wartezimmer mit einem Lächeln im Gesicht; der Schmerz ist weg, die versammelten Patienten schauen mich an, als käme ich von einem Wunderheiler.

Ich erzählte meiner Frau von diesem Arzt-Besuch. „Siehst du!", war ihre Antwort. Ich nickte, als hätte ich verstanden, was sie damit sagen wollte, und bemühte mich um ein freundliches Frühstücksgesicht.

„Wenn du dir nun vorstellst, ich sei dein Arzt, dann sparst du dir in Zukunft den Weg zum Doktor und das Resultat ist das gleiche", erklärte sie. „Und ich habe einen Mann mit einem freundlichen Gesicht beim Frühstück." Ich war nicht überzeugt, aber guten Willens. „Sicher", sagte ich.

Tage später spürte ich diesen feinen Schmerz im Kopf; er zog sich über die Scheitellinie und vergällte mir die Laune. Ich sah meine Frau lange an, der

Kopfschmerz blieb. Um auf Augenhöhe über meinen Welt- und Kopfschmerz zu sprechen, brauche ich vielleicht doch einen richtigen Arzt und keine Ehefrau, fuhr es mir durch den schmerzenden Kopf.

„Geh' zum Arzt" sagte sie, als habe sie meine Gedanken gelesen, „lass ein MRT machen; mit solchen Sachen scherzt man nicht." Als ob meine Rückenbeschwerden Scherze gewesen seien!, dachte ich und sagte: „Okay."

Unser Hausarzt ist eine Ärztin. Sie weiß um meine Theatervergangenheit, wir reden schon seit Jahren auf Augenhöhe. Sie zapft mein Blut, nutzt das neue Ultraschallgerät, lässt an und ab ein EKG machen, für alle Fälle. Der Ernstfall ist bisher noch nicht eingetreten. Ich komme mir bei ihr vor wie mein altes Auto beim Tüv: jedes Mal knapp ohne Beanstandungen durchgeflutscht. Nur vor einem MRT bin ich bisher zurück geschreckt. Außerdem kostet es viel Geld; die Krankenkassen machen Defizite und erhöhen deswegen ihre Beiträge. Mein Verzicht auf die Magnet-Resonanz-Tomografie lässt sich also auch als Beitrag deuten, die explodierenden Kosten des Gesundheitswesens in den Griff zu bekommen.

Die Sprechstundenhilfe fischt mich aus dem übervollen Wartezimmer. Es ist Oktober, alles niest und schnieft; wer bisher noch nicht krank ist, hat gute Chancen, es hier zu werden. Von der Wand lockt ein Plakat zur Grippeschutzimpfung. Zu spät, liebe

Freunde, zu spät. Ich werde ins private Büro der Doktorin geführt; dort soll ich warten, während sie abwechselnd in drei weiteren Zimmern Patienten versorgt. Ich warte. Es dauert. Ich sitze vor dem Schreibtisch. Von der Fensterbank grüßt ein zerfranster dunkelbrauner Teddybär, in der Ecke zwischen dem Regal mit medizinischen Wälzern und der Tür wartet ein verstaubtes Skelett, vielleicht ein vergessener Patient. Auf dem Schreibtisch ein halbvoller Becher mit schwarzem Kaffee, daneben Papiere, Ärzteproben und weitere Grüße der Pharma-Industrie. Hinter dem Schreibtisch ragt der Ledersessel auf mit seiner hohen Rückenlehne, um die sorgfältig ein weißer Arztkittel gehängt ist. Über dem Kittel baumelt lässig das Stethoskop. Man könnte meinen, die Doktorin säße höchstselbst dort, mir gegenüber, auf Augenhöhe sozusagen, wie es sich gehört.

Wir lassen uns Zeit – der Kittel und ich. Das glänzende Stethoskop blinkt aufmunternd in der frühen Nachmittagssonne. - Na, wie geht's? - Das ist die Frage: Gemessen an Teddy und Knochenmann, geht's recht gut. Eigentlich bin ich gesund. Bis auf die gelegentlich auftretenden Kopfschmerzen natürlich.

Das Gespräch mit den Insignien der Ärztin verläuft entspannt und in völliger Ruhe. Keine Sprechstundenhilfe stört. Nichts. Eine angenehme Schläfrigkeit breitet sich aus. - Ob ich Stress habe? - Aber Hallo!

Was für eine Frage! Als Rentner ist man froh, wenn man noch Stress haben kann, sonst würde man sich schon ziemlich tot fühlen.

Das versteht mein weißes Gegenüber. Aber ich soll mich nicht übernehmen, das macht Druck und Druck kann krank machen. Wie dieser Artikel, zum Beispiel, den ich schreiben soll, und der mir zentnerschwer auf der Seele liegt: Bis zum fünfzehnten muss ich ihn abgeben und habe noch keine Idee dazu, und heute ist der elfte! Wenn das kein Stress ist!

Ob das der heimliche Grund für den Kopfschmerz sein kann? Dann brauchte ich einfach nur energisch mit dem Schreiben anzufangen und könnte mir und der Krankenkasse das MRT sparen …

Nach einer Viertelstunde intensiven therapeutischen Selbstgespräches verlasse ich das Büro der Doktorin, schleiche mich still an der Rezeption vorbei aus der Praxis; die Kopfschmerzen sind vergessen.

Draußen war Dienstag. Ich ging frohgemut nach Hause. Wie es gewesen sei, fragte meine Frau. Gut, nickte ich, ich hätte das passende Rezept, um mit meinen Beschwerden fertig zu werden.

„Siehst du?!", sagte sie und klopfte mir aufmunternd auf die Schulter, „man muss sich nur aufraffen." Da hat sie Recht. Ich ging in mein Arbeitszimmer, setzte mich an den PC und begann, diesen Artikel zu schreiben. Ein Gespräch auf Augenhöhe kann mehr bewirken, als man denkt.

Der Lenz war da

Er stand am Rednerpult, vor sich die Honoratioren, hatte gerade im Namen des Ministers die Gäste begrüßt, klappte mit Daumen und Zeigefinger der linken Hand routiniert den Deckel des blauen Ordners mit seinem Vortrag auf, während er noch einmal den Blick über seine Zuhörer schweifen ließ, und erstarrte. Der Ordner war leer. Michael Lenz fuhr aus dem Halbschlaf auf. „Was ist?", murmelte die junge Frau neben ihm und räkelte sich in den Laken.

„Ich hab' geträumt", sagte er.

„Von mir?"

„Sozusagen ..." Er ließ sich neben ihr wieder in die Kissen sinken und küsste ihren Nacken. Er hatte mit Veronika eine wunderbare Nacht verbracht. Nachher würde der Kellner ihnen ein Champagner-Frühstück aufs Zimmer bringen. Und dann, spätestens um elf, würde er ihr gestehen müssen, dass er für eine Stunde kurz weg müsste, eine Rede halten, um danach schnellstens zu ihr ins Hotel zurückzukehren für eine weitere Nacht. Sie feierten ihr einjähriges Beisammensein; er hatte es sich etwas kosten lassen.

Seit Monaten schon hatte er diese Luxussuite gebucht, und dann, drei Tage vor seinem Schmuse-Wochenende, hatte der Minister ihn zu sich gerufen. „Lieber Dr. Lenz, am kommenden Sonntag um zwölf müsste ich zum 50. Jubiläum der Gotthold-Benk-Stiftung ein Grußwort sprechen; Sie wissen schon, das Übliche – zehn Minuten Geschichte, fünf Minuten Blick nach vorn mit Aussicht auf meine Unterstützung – das machen Sie ja mit Links."

„Ich ...?", vergewisserte sich Lenz und begriff, dass sein schönes Wochenende höchst gefährdet war.

„Hinterher wartet ein üppiges Büfett, das tröstet vielleicht. Ich habe an diesem Tag leider schon einen anderen wichtigen Termin und muss mich ganz auf Sie verlassen können. Kann ich doch, oder?"

„Können Sie", scherzte Lenz mühsam, „als Ihr Referent hätte ich ja ohnehin die Rede schreiben müssen."

„So ist es. Hier ist die Liste der Ehrengäste." Der Minister drückte seinem Referenten ein Blatt Papier in die Hand und klopfte ihm freundschaftlich auf die Schulter: „Augen zu – und durch!"

Die Gotthold-Benk-Stiftung war ihm so fremd wie ein Mann vom Mars. Der Ort, an dem er sein Grußwort zu sprechen hatte, lag zum Glück nicht allzu weit von seinem gebuchten Hotel entfernt. Er würde es kurz machen und sofort wieder zu seiner jungen Gefährtin zurückkehren. Schlimmer war die Rede selbst. Es würde Tage kosten zu recherchieren und zu schreiben, und er wollte diese Tage mit Veronika im Bett verbringen. Da konnte nur Amtsrat Ruppelt helfen. Ruppelt wartete seit vielen Jahren auf eine Beförderung zum Oberamtsrat und hatte dem jungen aufstrebenden Juristen Lenz hin und wieder einen Gefallen getan in der Hoffnung, seine Wartezeit dadurch etwas zu verkürzen.

„Mein lieber Ruppelt!", begann Lenz, nachdem er den Amtsrat herzlich begrüßt hatte, „ich habe Sie natürlich nicht vergessen."

„Ach wirklich?"! Ruppelts Gesicht hellte sich auf.

„Niemand kennt sich im Stiftungswesen so gut aus wie Sie. Die Gotthold-Benk-Stiftung ist Ihnen natürlich ein Begriff!"

„Natürlich", log Ruppelt und die freudige Erwartung verkehrte sich in Enttäuschung: „Heute ist allerdings schon Mittwoch und ich ..."

„Eben", unterbrach Lenz, „ich brauche die Rede spätestens Samstagmittag, das können nur Sie! Das Manuskript bitte in großen Lettern, ich habe wenig Zeit, drauf zuschauen. 50-Jähriges Jubiläum, zehn Minuten Rückblick, fünf Minuten Ausblick nebst vorsichtigen Versprechungen, ach, Sie wissen schon. Nun schau'n Sie nicht so unglücklich, Ruppelt, Augen zu – und durch! Und was Ihre Beförderung anlangt – ich bin zwar nur Referent und nicht der liebe Gott, aber – ich denke an Sie."

Das Manuskript ruhte inzwischen in seiner dunkel-blauen Ledermappe, ein Konvolut von zwanzig Seiten, viel zu ausführlich für ein Minister-Grußwort. Er würde kürzen müssen, aber wann und wie? Er wischte den Alptraum weg, verschob die Arbeit am Manuskript auf die Zeit nach dem Frühstück mit Veronika. Er hatte schon wieder Lust und ließ es sie spüren.

„Nicht jetzt", gähnte sie, „ich will erst duschen."

„Veronika, der Lenz ist da ..." – er folgte ihr trällernd in die Dusche – "die ganze Welt ist wie verhext, Veronika, der Spargel wächst!"

„Du bist unersättlich", lachte sie und schlang ihre Arme um seinen Nacken.

Dann war jäh Schluss mit lustig. Er musste auf einem Stück Seife ausgeglitten sein. Der Sturz war derart heftig, dass ihm schwindlig wurde. Nur mit größter Anstrengung gelang es Veronika, ihren Liebhaber zurück zum Bett zu bugsieren. Lenz saß aufrecht auf der Bettkante, Stehen und Liegen schienen ihm gleichermaßen unmöglich.

Es klopfte an der Zimmertür: „Zimmerservice!"

„Ach Gott, das Champagner-Frühstück", stammelte der starre Lenz und versuchte, seine Blöße mit dem Laken zu bedecken. Jede Bewegung schmerzte höllisch. Veronika köpfte den Champagner und schenkte ein. „Trink einen Schluck, das muntert auf!"

Lenz schüttelte den Kopf.

Sie biss in ein Croissant, kaute, trank einen Schluck, küsste ihn auf die Nasenspitze. „Willst du den Vormittag über so sitzen bleiben?" - „Schmerztabletten will ich, starke Schmerztabletten", stöhnte er. Sie bestellte in der Rezeption „irgendetwas Starkes gegen Schmerzen, bitte schnell!" und wandte sich dann an ihren unbeweglichen Lenz: „Wieso musst Du weg? Wir wollten uns doch noch einen Schmuse-Tag machen!"

„Nicht jetzt!", stöhnte Lenz, dem schon der Gedanke ans Schmusen weh tat.

„Dann iss wenigstens was!"

„Nicht jetzt!"

Er ließ sich sein Handy geben und rief seinen Arzt -Freund an: „Ich hocke im Hotel auf der Bettkante, kann mich nicht rühren, Hexenschuss hoch drei. Komm, bring deine Spritze und Tabletten mit und erlöse mich von diesem Übel."

Der Zimmerservice brachte eine Auswahl von Schmerzmitteln. „Gib mir eine von den stärksten", befahl er, „mit einem Schluck Champagner. Und dann fährst Du mich in die Benk-Stiftung und sitzt neben mir in der ersten Reihe. Ich muss dort eine Rede halten. Danach fahren wir zurück."

„Du siehst ja aus wie das Leiden Christi zu Fuß", lachte Dr. Morkel, als er eine Stunde später seinen Freund auf die Seite legte und ihm eine Spritze gab. Er ließ ihm zwei Tabletten da: „Das ist ein Morphiumpräparat, eine schluckst du, die zweite ist nur für den Notfall! Es gibt Wichtigeres als deine Karriere – deine Gesundheit, vergiss das nicht!" - „Jaja", nickte Lenz, als Morkel fort war und schluckte die erste Tablette mit einem Glas Champagner. „Und jetzt, Vero, hilf mir beim Anziehen."

Im Festsaal der Gotthold-Benk-Stiftung nahmen die Honoratioren ihre Plätze ein. Die Vorsitzende, Frau Julia Benk-Hövede, hatte den Beginn bereits eine gute Viertelstunde hinausgezögert, weil der Vertreter des Ministers immer noch nicht erschienen war. Nun begrüßte sie die Gäste, setzte sich dann wieder, um den Reden von Bürgermeister und Landrat zu lauschen. Durch die Fenster streifte eine strahlende Mittagssonne die hungrigen Gesichter im Saal.

„Der Lenz ist da", flüsterte eine Kollegin Frau Benk-Hövede ins Ohr.

„Keine Witze jetzt!"

„Der Dr. Lenz vom Ministerium!"

„Ach der! Gott sei Dank!"

Da kam er, sehr aufrecht und gemessenen Schrittes, an seiner Seite eine junge Frau, die etwas unpassend gekleidet war, wie Frau Benk-Hövede empfand, als sie die beiden flüsternd begrüßte. Lenz setzte sich vorsichtig. Er wusste, dass er sich vorsichtig bewegen musste, sonst schmerzte es, aber der Schmerz war ihm seltsamerweise schnuppe. Auch die Gotthold-Benk Stiftung war ihm schnuppe. Ihm war alles schnuppe – bis auf den feinen Duft, der ihm in die Nase zog. Er schnupperte. Rosmarin? Braten? Es roch nach Essen. Das musste das Büfett sein, von dem sein Minister gesprochen hatte. „Bitte?"

Veronika hatte seine Hand gedrückt. Frau Benk-Hövede hatte ihn vorgestellt; er war dran. Dran – womit? Ach, das Grußwort, das kilometerlange Grußwort, das Ruppelt in Nachtarbeit in Großbuchstaben geschrieben hatte.

Er kämpfte sich, die Mappe in der Hand, an den Frühlingsblumen vorbei zum Rednerpult empor. Ihm stand Schweiß auf der Stirn, als habe er soeben den Großglockner bestiegen. Er sah hinunter in den Saal voller grau-schwarzer Kleidungsstücke, nur Veronika leuchtete wie ein Zitronenfalter aus der ersten Reihe. Wie schön sie aussah.

Die Menschen schienen auf etwas zu warten. Sie hatten bestimmt Hunger, wie er. Es roch nach Braten mit Rosmarinkruste. Automatisch zog es seine Nase in die Richtung, aus welcher der Bratenduft kam. Er musste lächeln und wusste nicht, worüber. Es war so still im Saal. Er nahm sich zusammen, starrte auf seine Liste mit den Namen der Honoratioren und begrüßte sie dann im Namen des Ministers. Er musste sich am Pult festhalten. Die Beine drohten ihm schwach zu werden.

Er müsse ihnen jetzt eigentlich einen ausführlichen Vortrag über die Stiftung halten, sagte er, und kramte das Manuskript aus der Mappe: Der verehrten Zuhörerschaft von Geschichte und Verdiensten der Stiftung zu erzählen, hieße Eulen nach Athen tragen – hierbei wedelte er mit dem Manuskript, das seiner

Hand entglitt; die Blätter segelten aufs Podium und hinunter in die erste Reihe.

„Lassen Sie nur" unterbrach er die Versuche einiger Zuhörer, sie aufzuheben; er leide unter einem fürchterlichen Hexenschuss, könne sich nur mühsam auf den Beinen halten und müsse seine Rede ohnehin abkürzen. Die Quintessenz der vielen Worte, die er nun nicht mehr machen werde, sei die Tatsache, dass die Gotthold-Benk-Stiftung nicht nur eine Herzensangelegenheit des Ministers sei, sondern auch seine eigene und sie auch bleiben werde – Hexenschuss hin oder her – jetzt und in Zukunft, Amen. Und nun wolle er die verehrten Damen und Herren nicht länger vom verdienten Büfett abhalten.

Kräftiger, dankbarer Beifall brandete auf. Frau Benk-Hövede kam ihm entgegen, schüttelte ihm die Hände: „Vielleicht ein wenig theatralisch, aber sehr wirkungsvoll. Den Hexenschuss hätte ich Ihnen fast geglaubt. Das wird uns in Erinnerung bleiben."

„Mir auch", sagte Dr. Lenz.

Auf dem Weg

Er saß regungslos auf der Bank in der Fußgängerzone. Aus den Augenwinkeln sah ich, dass sein brauner Hut in die Stirn geschoben war, von der breiten Krempe tropfte es auf sein braunes Leinenjackett. Ich hastete so schnell ich konnte im Nieselregen vorbei. Die Einkaufstüten in meinen Händen wogen schwer, meine Tochter war schon voraus. Der macht es richtig, dachte ich, Regen hin oder her. Wenn man nicht zur Kenntnis nimmt, was einen stört, ist das Leben angenehm.

„Kommst du", rief meine Tochter unter ihrem Schirm. Ich folgte ihr und verlor den Mann auf der Bank aus den Augen. Schade. Etwas verliert man immer. Ich blieb stehen. Etwas muss man zurücklassen, wenn man sich bewegt. Man müsste es machen wie der Mann auf der Bank und einfach sitzen bleiben. Vielleicht ist das der Grund dafür, dass er mir auf Anhieb imponierte, wissen Sie.

Meine Tochter nahm mir eine Tüte aus der Hand, hakte sich bei mir unter und zog mich weiter. Regen tropfte mir vom Schirm in den Nacken. Egal. Dem Mann auf der Bank war der Regen auch egal gewesen.

Zwei Wochen später traf ich ihn wieder. Ich war allein unterwegs. Ausgebüxt. Nicht in einen Park, was vielleicht nahegelegen hätte an einem solchen schwül-warmen Sommertag, sondern in die Fußgängerzone. Dort kann man schön sitzen und dem Leben zusehen. Wie früher beim Heurigen in Wien: einfach dasitzen und zusehen, wie das Leben an einem vorbeizieht: Eine Stunde an einem Sommertag, ein Tag in einer Woche, ein Sommer in einem Jahr, ein Jahr in einem Leben.

Da saß er wieder, der Mann mit seinem bronzefarbenen breitkrempigen Hut. Ein idealer Sonnenschutz an diesem heißen Tag. Saß da, den rechten Arm seiner bronzefarbenen Sommerjacke vor dem Bauch, in der Hand einen Krückstock, auf den er sich stützte. Auf der Hand mit dem Stock lehnte sein linker Arm, die Hand umfasste Kinn und Wange.

Er sah versonnen lächelnd zu mir herüber, als erinnere er sich an mich. Ich nickte kurz und bemerkte im Vorübergehen die weißen Hemdmanschetten, die unter den Jackenärmeln hervorlugten. Neben ihm saßen schon eine Frau mit hochgekämmten blonden Haaren und ein glatziger Mann. Ich nahm auf der Rückseite der Doppelbank Platz, vor mir der Eingang eines Apple-Ladens. Davor standen Menschen und nutzten das kostenfreie W-LAN vor dem Geschäft für ihre Smartphone-Botschaften in die Welt.

Auf meinem Handy muss ich im Notfall nur einen Knopf drücken und warten. Warten. Und Geduld haben. Dann klärt sich alles. Die Geduld fehlt mir manchmal, wenn bei mir zu Hause wieder etwas verschwunden worden ist. Alle naselang verschwindet etwas bei mir. Haustürschlüssel, Handy, die Marmelade aus dem Kühlschrank. Manchmal findet es meine Tochter wieder. Die Marmelade auf der Garderobe, das Handy im Kühlschrank, die Haustürschlüssel im Bett. Rätselhaft.

Der Mann hinter mir, der mit dem breitkrempigen Hut, trägt übrigens Cowboystiefel. Jeans und Cowboystiefel, das fiel mir auf. Im Gegensatz zu den Typen, die in Sandalen und in kurzen Hosen an mir vorbei schlichen, mit vor dem Bauch aufgeblähten Polohemden oder Sweatshirts, schwangere, schwitzende Männer.

„Du musst aufpassen wie ein Luchs", hörte ich den Glatzköpfigen hinter mir sagen, „heutzutage wird alles geklaut, was nicht niet- und nagelfest ist, sogar, du wirst es nicht glauben, sogar Gebisse. Manche Alte lassen sie irgendwo liegen. Oder beim Krankentransport, wenn sie prophylaktisch herausgenommen und dann vergessen werden und – Wutsch, weg sind sie. Dreitausend Euro kostet ein gutes Gebiss, du musst auf der Hut sein. Eh' du dich versiehst, trägt's ein anderer, es klemmt ein bisschen, aber egal, Hauptsache billig. Also pass auf, wenn du im Dienst bist."

„Jaja", sagte die Blonde, „wusst' ich nicht, aber – jaja!"

Ich wusste das natürlich schon längst, mir ist mein Gebiss auch schon geklaut worden; meine Tochter hat es Gottseidank wiedergefunden. Mit der Zunge kann ich es am Gaumen fühlen, es ist noch da, ich passe auf wie ein Luchs. Es war grässlich schwül auf meiner Bank, in der Fußgängerzone staute sich die Luft, ich wurde müde. Ich müsse viel trinken, sagt meine Tochter immer. Ich gehöre nicht zu denen, die immer mit einer Plastikflasche Wasser herumlaufen. Das war ein Fehler. Immerhin konnte ich noch mein Handy hervorkramen und die Notfalltaste drücken, ehe ich zu Boden ging.

Inzwischen ist einige Zeit vergangen, so ein Sommer zieht sich hin. Ich habe ihn mehrfach getroffen. Genauer gesagt, ich habe ihn besucht. Der schweigsame Mann auf der Bank zieht mich an, zieht mich zu sich in die Fußgängerzone wie ein Magnet, und ich bin wie ein Stück Eisenspäne, das sich nach ihm ausrichtet.

Mein Freund – ja, das ist er inzwischen - sitzt dort, immer in der selben Haltung, und lächelt versonnen zu mir hinüber, wenn ich ihn von der anderen Straßenseite aus beobachte. Er liebt es, immer die gleichen Klamotten anzuziehen. Rustikale Eleganz. Das weiße Hemd unter der Jacke. Unter dem Hemdkragen statt einer Krawatte eine grünen Brosche mit zwei dicken langen Fäden, wie manche Cowboys sie tragen, John Wayne zum Beispiel. Dazu passen auch die Jeans und die Stiefel. Der Mann imponiert mir. Und er redet nicht viel, eigentlich gar nicht. Wie ich. Ich habe das Reden auch weitgehend aufgegeben. Unterhaltungen strengen mich mächtig an.

Neulich saß ich wieder neben ihm. Im Mantel. Ein kalter Wind fegte durch die graue Fußgängerzone, ich hatte klamme Finger. Ihn beeindruckte das Wetter nicht. Derartige Sommertage gibt es eben, damit muss man sich abfinden, schien er zu denken. Er saß da wie immer. Er schaute mich nicht an, schaute weg, als wolle er andeuten, Gespräche über das Wetter seien nicht erwünscht. Ich hatte die Hände in den Manteltaschen vergraben. Mir war danach, etwas zu sagen, was selten vorkommt.

„Bene fragessi!" tönte ich.

Der Mann neben mir nahm keine Notiz davon. Dafür blieb ein Passant stehen und sah mich an: „Wie bitte?"

„Bene fragessi!", wiederholte ich.

Der Herr breitete die Arme aus, als wolle er mir seinen Segen geben: „Tut mir leid, ich kann nicht Italienisch", murmelte er, als müsse er sich dafür entschuldigen, und ging.

„Ich auch nicht", sagte ich, als er weg war. Ich liebe Italienisch, wollte es immer schon lernen, aber niente, ich schaffte es nicht, konnte mir die Vokabeln nicht merken. Ich kann diese schöne Sprache nicht sprechen, nur nachahmen. Macht nichts. Auf den

Tonfall kommt es an, auf das Wie - wie überall im Leben. 'Bene fragessi!' klingt wie 'Schönes Scheißwetter heute!' Darauf kommt es an. Ich verstehe nicht, warum der Fremde mich nicht verstand. Bei mir zuhause spreche ich übrigens oft mein Italienisch; bei Selbstgesprächen versteht man sich in allen Sprachen.

„Möge!", schimpfte meine Tochter, nachdem sie mich wieder einmal nach Hause gebracht hatte. 'Möge' bin ich, müssen Sie wissen, die personifizierte Wunschform sozusagen. Meine Mutter gab mir diesen Kosenamen, weil ich mir so viel wünschte. Meine Frau übernahm ihn als Spitznamen, sie meinte, ich sei unersättlich in meinen Wünschen. Meine Tochter benutzt 'Möge' nur noch als meinen Rufnamen.

„Möge! Was um alles in der Welt zieht dich immer in diese bescheuerte Fußgängerzone?"

„Bene fragessi", antwortete ich, was soviel heißt wie 'gute Frage!' Aber ich beantwortete sie ihr nicht. Meine Freundschaft mit dem Mann auf der Bank, dessen Namen ich nicht einmal kenne, geht niemanden etwas an, auch meine Tochter nicht.

„Ach Möge", seufzte sie, fuhr sich mit dem Handrücken über die Augen, ging schnell aus meinem Zimmer und zog die Tür hinter sich zu.

Am Rand des Sommers, an einem klaren Vormittag, ich konnte schon einen fernen Herbst schmecken, wanderte sie mit mir in die Fußgängerzone, sie hatte kein anderes Ziel als den Mann auf der Bank und blieb mit mir davor stehen.

„Er ist tot", sagte sie, „schau her!" Sie haute dem Mann mit der flachen Hand ins Gesicht. Der Mann verzog keine Miene, nur einige Fußgänger blieben stehen und glotzen uns verwundert an.

„Alles Bronze", sagte meine Tochter und klopfte meinem Freund auf die bronzefarbene Jacke, „von diesen Skulpturen gibt es ein paar in der Stadt."

„Weiß ich doch", sagte ich nicht, sondern schwieg.

„Nun sag mir bloß, was ist denn dran an dieser Figur?" Sie hatte mich an den Schultern gefasst: „Sag mir, was willst du da eigentlich, Möge?!"

„Bene fragessi", antwortete ich, was soviel heißt wie 'Tut mir leid, aber das verstehst du nicht'.

Wir saßen noch lange regungslos auf der Bank – der Mann, meine Tochter und ich. Dann hakte sie mich unter, wir gingen nach Hause. „So kann es nicht weitergehen", sagte sie auf dem Weg.

Was Möge eigentlich will, kann ich Ihnen sagen: Allmählich so werden wie der Mann auf der Bank. Mit einem versonnenen, freundlichen Lächeln ewig die Welt ansehen. Unbeeindruckt von Menschen, vom Wetter, von politischen Krisen. Nur da sein, mehr nicht. Nichts müssen, nichts wollen. Nur schauen. Selbst wenn ein besoffener Penner mir über die Hose kotzt, gelassen bleiben. Ich würde gern, wie ein seltenes Insekt eingeschlossen in einem Bernsteinhaus, ungestört sein. So wie mein stiller Freund auf unserer Bank. Und zusehen, wie das Leben vorüberzieht. Ist das so schwer zu verstehen?

„Bene fragessi", antwortete der Mann im Spiegel.

Aktenzeichen XY - gelöst

Professor Xaver Mannerhold befand sich auf dem Wege zur städtischen Bibliothek, war mit den Gedanken allerdings ganz woanders; genauer: Er träumte sich in eine späte Fernsehkarriere.

Vor Tagen hatte er auf seinem Konto die Überweisung der satten Gage für vier Drehtage vorgefunden. Vier Drehtage für eine Produktion des ZDF. Sensationell! Und das Geld war nicht das Wichtige. Wichtig war, dass er damit nach seiner Emeritierung von der Theaterhochschule wieder einen Fuß im Fernsehgeschäft hatte. Die Einschaltquoten dieser Sendereihe waren bisher immer ausgezeichnet gewesen. Ein Glücksfall für ihn. Seine ehemaligen Kollegen und Studenten würden nicht schlecht staunen, ihn demnächst in einer größeren Rolle zu sehen.

Er hatte keine Gelegenheit ausgelassen, im Bekanntenkreis wie nebenbei davon zu erzählen. Der Sendetermin stand schon fest und war in diversen Terminkalendern fest vermerkt. Und nun hatte heute morgen ein Brief vom ZDF im Briefkasten gelegen. Dass schon vor der Ausstrahlung eine Reaktion aus Mainz kam, erstaunte ihn. Nun ja, sagte er sich, ich habe das professionell abgewickelt und bin ein Typ, der Eindruck macht. Möglicherweise gibt es schon Termine für weitere Castings. Er hatte den Brief nicht

sofort auf der Straße geöffnet, sondern ihn beherrscht in seine schicke, lederne Aktentasche gelegt, in der sich außer seinem iPhone und einer Ther-
mosflasche mit Grünem Tee nichts weiter befand. Er
ging wie auf Wolken. Je weiter er ging, desto impo-
nierender schien ihm die Rolle, die er gespielt hatte.
Vielleicht würde er demnächst in anderen Produktio-
nen neue, größere Aufgaben bekommen. Das waren
bislang nur Hoffnungen, nichts weiter. Er lächelte vor
sich hin; der ungeöffnete Brief in seiner Tasche konnte allerdings ein Indiz dafür sein, dass diese Hoffnungen nicht unbegründet waren. Er überlegte, mit welcher seiner Freundinnen er sich den Film ansehen
wollte, in dem er wie Phönix aus der Asche seines
Pensionisten-Daseins aufsteigen würde. Eigentlich
wollte er heute morgen nur in der Bibliothek einige
ausländische Zeitschriften durchblättern. Nun war die
Reihenfolge geändert: zuerst kam der Brief, dann
folgten Zeitschriften mit Grünem Tee. Der Brief wog
schwer in seiner Tasche und beherrschte seine Gedanken. Er musste an sich halten, ihn nicht schon
jetzt zu öffnen. Es ist wie beim Sex, dachte er: Langsam die Spannung und den Genuss steigern bis zum
Höhepunkt. Bis dahin waren es nur noch wenige
Schritte.

Sie stand vor der Eingangstür der Bibliothek, mit
dem Rücken zur Sonne. Er ging ihr entgegen, blinzelte ins Gegenlicht, sah ihren Umriss vor sich – einen

Wust von aufgetürmten Haaren, einen roten Schal über dem Pelz-kragen des langen, schwarzen Wintermantels, darunter Stiefel mit hohen Absätzen.

„Sag bloß, du kennst mich nicht mehr."

„Natürlich bist du es", beeilte er sich, erkannte unter der dunklen Mähne ein klar gezeichnetes weißes Gesicht. Ihr spöttischer Tonfall, trocken wie ein edler Champagner, kam ihm bekannt vor. Sehr bekannt sogar. Nur der Name dazu wollte ihm partout nicht einfallen. Je hektischer er in seinen Erinnerungen kramte, desto tiefer gähnte das schwarze Loch, in dem ihr Name versunken war.

„Wie geht's denn, du?", fragte er, um Zeit zu gewinnen.

„Ach wunderbar! Ganz wunderbar. Gesundheitlich und auch finanziell. Es läuft sowas von gut!", sprudelte sie hervor. Es klang begeistert.

Diese Stimme! Ich habe mit der dazu gehörenden Frau auf einem Sofa gesessen, einem roten Sofa, auf dem man auch liegen konnte und auf dem ich mit ihr auch einmal gelegen habe, durchzuckte es ihn. Die Erinnerung loderte wie eine Flamme in ihm auf und verbrannte die Träume, die er unterwegs geträumt hatte. Er fühlte, wie Röte in sein Gesicht schoss und sich die Muskeln zusammenzogen, um die Ansätze des Bauches zu kaschieren. Großer Gott, wie lange war das jetzt her? Sie hatte damals leuchtend rote Haare gehabt, das war's, rote Haare, trug schwarze

Kleider und rote Dessous darunter, zumindest an jenem Abend, an dem er nur Augen für sie gehabt und sich darüber vergessen hatte. Einen langen Abend und eine kurze Nacht lang. Dann hatte es ein jähes Ende gegeben. Sie hatten sich nie wieder gesehen. Bis heute.

Damals malte sie. Rote Bilder. Abstrakte rote Bilder. Yvonne. Jetzt war der Name da. Er war als Schauspiel-Professor von Freunden zu einer Finissage in Yvonnes Atelierwohnung mitgenommen worden. Er hatte das größte ihrer Bilder ironisch unter dem Aspekt der Wohnungseinrichtung betrachtet: rotes Bild über rotem Sofa und auf rotem Sofa die Künstlerin mit roten Haaren – das sei das eigentliche Gesamtkunstwerk, die künstlerische Aussage des einzelnen Bildes trete dabei in den Hintergrund. Er hatte kurzfristig die Lacher auf seiner Seite gehabt. Danach hatte sich ein hitziges, leidenschaftliches Duell zwischen ihnen entwickelt, das sich erst richtig entzündet hatte, nachdem die anderen Gäste gegangen waren.

„Malst du noch, Yvonne?", fragte er und betonte den Vornamen, um zu beweisen, wie gut er sich erinnere. Sehr gut sogar. Schmerzlich gut. Sie hatte am anderen Morgen seine Schuhe aus dem Fenster geworfen: Sie werde ihn vergessen wie ein Schönwetterwölkchen am gestrigen Himmel, hatte sie geschrien. Er hatte auf Socken drei Treppen hinunter schleichen und im Vorgarten nach seinen teuren Slippern suchen müssen. Das war mehr als eine Laune gewesen. Eine Art Raserei. Vielleicht auch Rache? Ihre Rache an einem, der sich über ihre Bilder lustig gemacht hatte? Seitdem war die Akte X-Y alias Xaver und Yvonne geschlossen. Auch wenn der Fall noch nicht gelöst war.

„Natürlich male ich noch, was denkst du denn!", empörte sie sich. „Ich verkaufe gut!"

„Immer noch das Rot der Leidenschaft? Ich meine, ist das immer noch deine Farbe?"

„Beim Malen schon. Allerdings schließen sich Schwarz und Leidenschaft keineswegs aus." Sie fuhr sich mit den langen Fingern durch ihr nun dunkles Haar und sah ihn an.

Dieser Blick hatte ihn schon damals aus der Fassung gebracht. Wenn ich ein Vöglein wär und auch zwei Flügel hätt', flög' ich jetzt fort, auf ein nahes Dach zum Beispiel, zwitscherte es in seinem Hirn.

„Das glaub' ich sofort, das seh' ich dir an,", sagte er. Warum sie ihn in jener fernen Nacht nicht gleich ins Schlafzimmer sondern zuerst unter das rote Bild auf das schmale rote Sofa gezerrt habe, auf dem sie sich hatten abmühen müssen, und was ihr Wutanfall am anderen Morgen zu bedeuten gehabt, fragte er nicht.

Er müsse jetzt langsam los, sagte Mannerhold und klemmte die Aktentasche zum Beweis seiner Aktivität unter den Arm: er habe in der Bibliothek noch einiges zu erledigen. Damit war die Abschiedsphase eingeleitet, dachte er. Sie schien erstaunt: „Du auch?"

Nun sind wir uns zehn Jahre lang erfolgreich aus dem Weg gegangen und haben heute beide zur selben Zeit in der Bibliothek zu tun. Das ist kein Zufall mehr, das hat schon Schicksal-Charakter, dachte er. Oder hatte sie ihm aufgelauert? Aber aus welchem Grund? Er war ratlos.

Sie redete. Sie recherchiere hier für das Buch, an dem sie arbeite. Sie habe vor Jahren eine so ausgezeichnete Diplomarbeit über Mal-Therapie verfasst, ein Feld auf dem sie – das nebenbei – seit geraumer Zeit überaus erfolgreich sei, dass man sie gebeten habe, ein Buch darüber zu schreiben. Ja, sie sei eben so enorm gut vernetzt, dass zur Zeit alles perfekt laufe.

„Du bist inzwischen Pensionär?" Wieder dieser Spott in ihrer Stimme. „Und wie lebt sich's so?"

Er zwang sich zu einem Lächeln.

„Ich lebe mit Lotta zusammen und bringe ihr allerhand ungewöhnliche Tricks bei. Das bereichert unser Zusammenleben kolossal."

Nach einer Pause, in der er genüsslich ihre Irritation konstatierte, ergänzte er: „So eine Terrier-Hündin ist äußerst gelehrig. Es gibt tatsächlich noch erstaunlich liebevolle, intelligente und anhängliche weibliche Wesen."

Das saß, fand er. „Leider muss ich sie oft allein lassen, wenn ich einen längeren Dreh habe wie neulich beim ZDF." Er hatte es nicht lassen können und den Köder ausgeworfen; sie biss an.

„Du arbeitest wieder beim Fernsehen?"

Er wiegelte ab: „Eine Art Serie. 'Aktenzeichen XY ungelöst'. Da bittet die Polizei um Mithilfe bei ungelösten Kriminalfällen. Dazu werden entscheidende Szenen des jeweiligen Falles nachgestellt. Die künstlerische Herausforderung hält sich in Grenzen, aber es bringt Geld. Es ist halt ein sehr beliebtes Format." Endlich konnte er ihr Paroli bieten.

„Und wann kann ich dich sehen? Im Fernsehen, meine ich."

„Bald", sagte er und betrat die Bibliothek.

„Schau ich mir auf jeden Fall an!", versprach sie, grüßte und verschwand hinter einem Regal.

Er nahm sich zwei Zeitschriften, zog sich in einen Sessel zurück, wollte gerade die Thermoskanne auf das Tischchen vor sich stellen, da bemerkte er, dass sie ihn durch die Lücken in den Bücherreihen beobachtete. Möglichst unauffällig ließ er das Pensionisten-Requisit wieder in der Tasche verschwinden. Jetzt hier Grünen Tee zu trinken und in Zeitschriften zu blättern, kam ihm plötzlich spießig vor. Er griff zum Brief, öffnete ihn genüßlich, las.

„Scheiße!", entfuhr es ihm. Sein Ruf übertönte die gedämpften Stimmen des Leseraumes.

„Was ist passiert?", fragte Yvonne.

„Ich brauche jetzt einen Schnaps", sagte er und stand auf.

„Ich auch", sagte sie, „so wichtig ist das hier nicht. Ich komme mit. Nun erzähl' schon."

Auf dem Weg in die nächste Bar erzählte er, dass der Beitrag mit ihm in der Hauptrolle nicht mehr ausgestrahlt werden könne, da die Polizei inzwischen den betreffenden Fall gelöst habe. Man bäte um Verständnis. Sie schaute ihn an. „Und nun?"

„Schau mich nicht so an", sagte er, „die Zeit des großen Auftritts ist vorbei. Jetzt können wir daran gehen, in aller Ruhe den anderen Fall zu lösen."

„Welchen anderen?"

„Unseren. Xaver und Yvonne, X-Y ungelöst ..."

Im grünen Bereich

„Siehst du!", sagte Brösel und sah seine Frau erleichtert an, „der Mann am Schalter konnte auch
nicht mehr Englisch als wir. Man kommt auch so zurecht."

Der Mann am Schalter mit dem Gesicht eines mexi-
kanischen Polizisten aus einer Vorabendserie hatte
kein Wort gesprochen und sie in einer unmissver-
ständlichen Zeichensprache abgefertigt und dann
durchgewinkt. „Thank you", hatte Brösel gelächelt
und damit einen Großteil seiner Englischkenntnisse
verbraucht. Nun standen sie verloren im Höllenlärm
der Eingangshalle des John-F.-Kennedy-Flughafens
und warteten auf ihre Freunde, die sie abholen wollten.

'Freunde' war vielleicht etwas übertrieben. Die Brösels hatten im Rahmen eines Internet-Haustausch-Fe-
rien-Programms letztes Jahr ihr Haus in der Nähe von
Hamburg an ein amerikanisches Ehepaar mit drei
Kindern vermietet. Sie selber hatten während der
zwei Wochen bei ihren Eltern in der Nähe gewohnt
und tagsüber ihren Gästen Hamburg, Lüneburg und
die Heide gezeigt. Sie hatten sich gut verstanden.
George und Judy kamen aus Deutschland, lebten
aber seit Jahren in der Nähe von New York, wo er als
Banker arbeitete. „Conneticut ist wundervoll, ihr soll-

tet uns auch mal in New Canaan besuchen", hatten sie gesagt. Nun waren sie da.

„Schön, dass Ihr gekommen seid", freute sich Judy. „George ist schon am Packen, er geht morgen für eine Woche zum Angeln nach Alaska.

„Ach", sagte Brösel.

„Aber die Kinder und ich fliegen erst übermorgen zum Reiten nach Wyoming. Zeit genug, euch vorher alles zu zeigen."

„Ach", wiederholte Brösel und sah zu seiner Frau hinüber. Neben dem Highway zogen langsam die Hochhäuser der Bronx vorbei. „Wie bei uns. Verstopfte Straßen. Nur die Autos sind größer."

Nach einer knappen Stunde war der Verkehr weitgehend erloschen, der Wagen schob sich nun eine schmale Straße durch dichten Wald die Hügel hinauf.

„Gehört alles noch zu New Canaan. Wenn ihr einkaufen wollt, könnt Ihr den Jeep nehmen. Es mit dem Fahrrad zu tun, grenzt schon an Sport!" Sie kurvten in eine breite Auffahrt. „Da sind wir: Lost District Drive."

Am Ende der weitläufigen Auffahrt stand ein mächtiges Holzhaus, einladende Säulen vor dem Eingang. Vor der Garage parkten zwei weitere Wagen – „ein Jeep für George, einer für die Kinder", wie Judy erklärte. Ein Zaun trennte den Parkplatz vom Park mit einem riesigen Swimmingpool. Auf dem Rasen tollten zwei junge Hunde und beäugten die Ankömmlinge neugierig. Auf der großen Terrasse hinter dem Haupthaus wartete ein mächtiger gemauerter Kamin mit schweren Sesseln davor auf die Besucher. Unter dem Tisch gackerte ein braunes Huhn.

„Mein Gott", entfuhr es dem sprachlosen Brösel, „Hühner habt Ihr auch?"

„Eines", lachte Judy und mixte Gin-Tonic zum Willkommen, „unser Haushuhn legt jeden Tag ein Ei, das könnt Ihr zum Frühstück essen!" Sie nahm ihr Handy und telefonierte. „George und die Kinder müssen irgendwo im Haus sein, mal sehen, wo sie stecken."

„Das ist ja riesig", seufzte Brösel. Er saß auf dem Bett im Gästezimmer und starrte hinaus in den Park, hinter dem Ahornbäume ihre Äste wie riesige Hände vor die untergehende Sonne hoben.

„Herrlich", jubelte seine Frau, nachher gehen wir noch in den Pool und drehen eine Runde.

„Ach", seufzte Brösel. Eigentlich hieß er Helmut. Aber Brösel klang wie ein Kosename und wurde auch so genutzt.

„Bröselchen, ist was?", fragte sie.

„Nö", sagte er und versuchte, unbekümmert auszusehen.

Ob es hier auch Bären gäbe, wollte er scherzhaft beim Abendessen auf der Terrasse wissen.

Gelegentlich trabe mal ein Schwarzbär vorbei, erklärte George, aber das sei selten: „Höchstens mal ein junger, der sich verlaufen hat."

„Ach", sagte Brösel.

Als sie am Vormittag frühstückten, war George schon abgeflogen. „Ihr fühlt euch hier bitte wie zu Hause, könnt alles benutzen, der Kühlschrank ist voll, der Jeep aufgetankt, Hausschlüssel habt ihr, wie Fernsehen funktioniert, wisst ihr. Alles ist organisiert. Nur um die Hunde und das Huhn müsst Ihr Euch kümmern. Ich zeig Euch, wo das Futter steht und wieviel sie bekommen. Und wenn Ihr zwischendurch nach New York wollt, nehmt den Jeep bis zum Bahnhof und dann den Zug. Ein Supermarkt ist ganz in der Nähe."

„Wir bleiben erstmal hier und wandern ein wenig", sagte Brösel.

„Enjoy it!", rief Judy zum Abschied, „ich rufe zwischendurch mal an!"

„Ich dachte, sie zeigen uns die Gegend und führen uns ein wenig herum", maulte Brösel, "was machen wir bloß die langen Abende?"

„Auf der Terrasse essen, am Kamin sitzen, Gin trinken, lesen und später ein paar Videos im Fernsehen anschauen."

„Wie bei uns zu Hause", seufzte er.

Ganz so war es nicht. Am anderen morgen wollten sie kurz Brötchen kaufen gehen. Nach drei Stunden kamen sie müde zurück: keine Wanderwege, nur Landstraßen, keine Brötchen, nur Bagels, 'in der Nähe' hieß fünf Kilometer weit entfernt'. „Wenn wir in Zukunft aus dem Haus gehen, fahren wir nur noch", versprachen sie sich. Nachmittags badeten sie nackt im Pool und sonnten sich. Dann hörten sie ein Surren über sich. Hoch über den Ahornbäumen kreiste ein viereckiges Etwas, bewegte sich über das Haus, drehte eine tiefe Runde über dem Swimmingpool und entschwand wieder nach oben. „Was ist das?!" fragte Brösel.

Seine Frau zog instinktiv das Badelaken über sich: „Sah aus wie eine Drohne. Mit einer Kamera dran. Vielleicht fotografiert uns irgendein Perverser aus der Nachbarschaft und lacht sich tot, wenn er uns sieht!"

„Oder jemand überwacht das Gelände. Will sehen, was hier los ist, um einzubrechen. Ist alles möglich," orakelte Brösel.

Sie fütterten die Hunde, fingen das Haushuhn und sperrten es in sein Gehege, kochten ihr Abendessen, entzündeten Feuer im Kamin auf der Terrasse, aßen, lümmelten sich in den Sesseln vor dem Feuer und tranken Wein. Wie still es war. Ab und zu quakte in der Ferne ein Signalhorn.

„Wahrscheinlich der Zug nach New York. Wir könnten ja mal hinfahren", murmelte Brösel, „dann wären wir wenigstens unter Menschen. Mal raus aus der Wildnis."

Hast du Angst hier so allein?", fragte sie.

„Ach", sagte er und winkte ab. Sie sahen hinaus in den Garten. Eine Wolke von silbernen Fäden erhob sich aus Gras und Büschen, strebte gen Himmel, verglühte dann, stieg erneut auf, erlosch wieder.

„Sieht aus wie übergroße Glühwürmchen", sagte sie.

„Sind Glühwürmer", sagte er, „die Amis müssen ja alles übertreiben."

Am nächsten Vormittag fuhren sie im offenen Jeep spazieren, Brösel war in seinem Element. Als sie zurückkehrten, parkte ein Backup in der Einfahrt. Zwei Männer standen auf dem Rasen und kümmerten sich nicht um sie. „Solange wir sie nicht bezahlen müssen, soll's mir recht sein", sagte Brösel. Komm, wir gehen schwimmen und tun so, als wäre alles in Ordnung."

Sie gingen Richtung Pool, als am Himmel wieder die Drohne erschien und über ihnen kreiste. Auch die beiden Männer schauten auf.

„Und wenn die alle unter einem Hut stecken?", flüsterte Brösel seiner Frau zu, bevor er sich an die Männer wandte: „Terrible Ding ist das!"

„Wait", knurrte der ältere der beiden, ging zum Wagen, kam mit einem Gewehr zurück, zielte und schoss. Die Drohne schien in der Luft zu zerplatzen, Einzelteile segelten jenseits des Gartens in die Wildnis.

„Okay", sagte der Mann, packte das Gewehr weg und und fuhr mit seinem Kumpel davon.

„Die sind irgendwie unkomplizierter als bei uns", lachte Brösel, „und verstanden haben sie mich auch.

„Und wer waren sie?"

„Öh...", stotterte Brösel.

„Und was sagt der Besitzer der Drohne dazu?"

„Ach du Scheiße!", stöhnte er. „Was machen wir, wenn morgen jemand vor der Tür steht und die Drohne zurück haben will?"

„Dann bezahlen wir sie", murmelte sie im Halbschlaf.

„Weißt du, was so eine Drohne kostet? Über tausend Dollar." Ihm standen Schweißperlen auf der Stirn. „Dieses Haus ist mir von Anfang an unheimlich vorgekommen", flüsterte er. „Hörst du?"

Sie hörte nicht, sie schlief

Als sie am anderen Morgen verschlafen zum Frühstücken schlurften, schreckten sie zurück: Durch das Küchenfenster blickten zwei Frauen; die korpulentere von beiden klopfte an die Scheibe. Hinter ihnen stand ein roter Toyota in der Einfahrt. Fluchtartig spurteten die Brösels zurück in ihr Schlafzimmer und zogen sich an.

„Die Drohnen-Weiber", keuchte er. „Wir tun einfach so, als wären wir nicht da!"

„Wir gehen natürlich runter und fragen, was sie wollen!", bestimmte sie.

„Nein!", flüsterte er.

Am Ende der Diskussion waren die Frauen samt Auto verschwunden. „Die kommen wieder", orakelte Brösel, „außerdem sahen sie aus wie Indianerinnen."

„Eher wie Mexikanerinnen."

„Vielleicht illegale Einwanderer!" Brösel schluckte: „Wer weiß, was die im Schilde führten!"

„Brösel, nimm dich zusammen. Du siehst Gespenster. Wir machen hier Urlaub und fertig."

Um es sich zu beweisen, machten sie eine Tour mit dem Jeep, kauften ein, kehrten zurück, atmeten auf: Niemand vor der Tür, das Haus lag friedlich da. „Gottseidank", sagte Brösel. Auch im Garten außer Hunden und Huhn niemand, eine stille Idylle.

„Das wolltest du doch immer: ohne Kinder, mit mir allein an einem einsamen Ort unsere Flitterwochen wiederholen. Das können wir hier!" Sie lachte ihren Mann an.

„Ach", sagte der.

Nachts im Bett fuhr er auf: „Wir haben das Huhn nicht eingesperrt!"

„Was interessiert mich das Huhn, wenn mein Hahn neben mir gackert", schnurrte sie und beugte sich über ihn.

„Aber ..."

„Kein aber!"

Sie frühstückten spät am anderen Morgen, gammelten am Pool, spielten mit den Hunden.

„Wo ist das Huhn?"

Es war nicht im Garten, nicht im Gehege. Sie fanden es tot in der Auffahrt. Wie zerfleddert lag es da.

„Die Rache der Mexikanerinnen", murmelte Brösel,

„wer weiß, was jetzt noch alles kommt."

„Komisch ist das schon", sagte sie.

„Mafia-Methoden! Vielleicht sollten wir zur Polizei gehen", schlug er vor

„Wegen eines toten Huhns?!"

Sie saßen ratlos in der Küche und starrten nach draußen. Das Telefon klingelte. Zum ersten Mal seit sie allein waren.

„Auch das noch", stöhnte Brösel, „geh einfach nicht ran. Wahrscheinlich sind die das!"

„Wer?"

„Na die ... du weißt schon!"

„Ach, Unsinn!," sagte Frau Brösel und griff zum Hörer. Judy war am Apparat:

„Na, wie kommt ihr zurecht?"

„Och ...", sagte Brösel.

Sie habe vergessen zu sagen, dass sie die Gärtner und die Putzfrauen bestellt habe; sie sollten sich nicht dran stören, wenn die plötzlich auftauchten.

„Ach", flüsterte Brösel. „Und was ist mit dem toten Huhn, das sie uns wie eine Drohung vor der Tür gelegt haben?"

Leider sei das Huhn tot, es habe zerfleddert vorm Haus gelegen, sagte Frau Brösel, sie hätten keine Ahnung, wie das habe geschehen können.

„Macht euch nichts draus. Das haben wahrscheinlich die Raubvögel geschnappt und einfach liegen lassen, den anderen sei es auch so ergangen, sagte

Judy. „Und sonst? Geht's gut?" Brösel nahm seiner Frau erleichtert den Hörer aus der Hand:

„Und wie! Alles im grünen Bereich!" Er strahlte seine Frau an, als telefoniere er mit ihr.

„Ach!", lachte die.

Höhenflug mit Bodenhaftung

Ich stand frohgemut in der Kassenschlange im EDEKA-Markt nebenan, studierte die Schlagzeilen der Zeitungen und fühlte mich jung wie lange nicht mehr. Ich legte meine Frühstücksbrötchen und eine Flasche Milch auf das Band und kramte das nötige Kleingeld aus dem Portemonnaie, dabei fiel mir eine Cent-Münze zu Boden. Die freundliche Kassiererin wies mich darauf hin, ebenso eine Kundin vor mir. Ich konnte das Geldstück am Boden beim besten Willen nicht erkennen. Da bückte sich die Frau, eine attraktive Fünfzigjährige, um vor meinen Füßen die Münze aufzuheben. Ich bot meinen gesammelten Charme auf und sagte, ich hätte ihr für ein schönes Erlebnis zu danken - lange schon sei keine Frau mehr vor mir auf die Knie gegangen. Sie richtete sich auf, drückte mir den Cent in die Hand und sagte:

„Das mache ich öfter, wissen Sie, ich arbeite in der Altenpflege."

Ich bemühte mich, freundlich darüber zu lachen. Wie schnell man alt aussehen kann, wenn man sich zu jung fühlt.

Die andere Seite der Sonne

Er lag im weißen Hemd auf dem weißen Tuch. Ein imponierendes Bild. Evangelos' üppiges dunkles, lockiges Haar fiel in Wellen bis auf seine Schultern, der Vollbart umrahmte das markante Gesicht. Er war blass, sehr blass. „Und dennoch sieht er aus wie Gottvater Zeus persönlich", dachte Sophie, als sie sich über ihn beugte, eine Oleanderblüte auf seine Brust legte und sich wieder auf ihren einfachen Holzstuhl zurücksetzte.

„Υα τ i?!", riefen die schwarz gekleideten Frauen hinter ihr und hoben die Hände zum Himmel.

„Warum?!"

Seine Eltern, seine Schwestern saßen da, seine Nichten. Auch Nachbarinnen, die den dorfbekannten Mann nur selten zu Gesicht bekommen hatten, klagten jetzt an seinem Sarg. Hier war Evangelos vor vierundsechzig Jahren geboren worden, hier hatte er auch unbedingt beerdigt werden wollen. Der Zufall hatte ihm den Wunsch erfüllt. Das heißt, ein Zufall war es eigentlich nicht gewesen, nicht nur. Schicksal vielleicht. Ein Schicksal, das er sich verdient hatte.

„Υα τ i?!", tönte es rhythmisch aus der schwarzen Wand hinter ihr. „Warum?!" Wenn die Hände der Weiber sich zur Erde senkten, glaubte Sophia einen leisen Luftzug zu verspüren, eine Wohltat in der brütenden Hitze, die sie umgab. „Ob eine von ihnen seine Geliebte ist?", fragte sie sich. Eine rhetorische Frage, warum sollte es in seiner griechischen Heimat anders sein als in Deutschland, wo sie beide lebten. Gelebt hatten. Sie biß die Lippen zusammen, bis ihr Mund sich zu einem Strich verhärtet hatte – ein Schlussstrich unter ihre zweite Ehe.

Sie wedelte mit ihrem schwarzen Gesichtsschleier Fliegen zur Seite. Vor ihr lag Evangelos, als ruhe er nur aus. Als könne er jeden Moment sich mit einem tiefen Atemzug aufrichten und sie anschauen. Sie schloss ihre Augen und sah die seinen: dunkle Augen, Lachfältchen daneben, das gewinnende Lächeln eines Charmeurs, der sich seiner Sache sicher ist, eines Menschen, dem alles gelang. Mit diesem Blick hatte er sie erobert. Damals, als sie im Streit mit ihrem ersten Ehemann während der Fahrt aus dessen Mercedes gestiegen und er daraufhin einfach weitergefahren war und sie am Straßenrand hatte stehen lassen. Da waren sie noch verheiratet, aber schon lange kein Paar mehr gewesen. Dann war er gekommen und hatte angehalten - Evangelos, ein Bild von einem Mann, der ihr mit seinem lockigen Haar im Sonnenschein wie Göttervater Zeus persönlich erschienen war. Sie war zu ihm in seinen VW-Cabrio gestiegen; er hatte ihr angesehen, dass ihr jedes Ziel recht war, zu dem er sie mitnahm. Und seine frohe Botschaft hieß 'Ich weiß, was du brauchst – du brauchst mich!'. Es war Liebe auf den ersten Blick. Sophie ließ sich scheiden. Er zog bei ihr ein. Sie besaß eine Firma, die sie auch selber leitete, und ihre Geschäfte liefen gut. Evangelos verkaufte medizinische Geräte an Krankenhäuser und Arztpraxen, doch die große Zeit der hemmungslosen Investitionen ging ihrem Ende entgegen – daran konnten auch sein Charme und sein überzeugendes Auftreten nichts ändern. Macht nichts, fanden beide, das junge Glück kannte keine Grenzen. Fragen nach seinen früheren Lebensverhältnissen lächelte er weg.

„Hast du keine Familie?"

„Doch. Meine Eltern und Schwestern zu Hause in Griechenland."

„Und hier?"

„Nur dich. Du bist mein Leben."

„Und wovon willst du später leben?"

„Von dir!"

Er hatte das mit der größten Selbstverständlichkeit gesagt, aber mit einem Lächeln, das diese Wahrheit sofort in einen Scherz umkehren konnte, wenn sie nachgefragt hätte. Aber sie hatte nicht nachgefragt. Sie hatte ihn bald darauf geheiratet.

Ihre Hochzeit an seinem Geburtsort Galatista, einem Kleinstädtchen auf der griechischen Halbinsel Chalkidiki, wurde zu einem ausufernden Fest, von dem die Bewohner noch Jahre später schwärmten. Wie großzügig und spendabel dieser Mann war, wie freundlich und charmant! Und seine Frau – wie nett. Zurück in Deutschland, trug Evangelos seine Sophie auf Händen, als sei das sein Beruf. Zu ihrem Leidwesen war er viel unterwegs; Geschäftsreisen, die sich nicht vermeiden ließen. Einmal pro Jahr zog es ihn zudem in seine alte Heimat; er reiste meistens allein, da Sophie in ihrer Firma oft unabkömmlich war. In den letzten Jahren hatten diese Griechenlandreisen an Häufigkeit zugenommen. Zwei- bis dreimal im Jahr flog er für einen Kurzurlaub nach Chalkidiki, immer allein.

„Was hast du da zu tun?"

„Familie, du weißt ..."

„Soll ich nicht mitkommen? Ich müsste mir zwar die Zeit frei schaufeln, aber es wäre möglich."

„Lass nur, ich habe zu tun, muss was erledigen."

„Und was?"

„Familie, weißt du!"

Fliegen schwirrten über dem Sarg. Sophie lüftete den Schleier, griff ihren Fächer und fächelte sich Kühlung zu. „Υατι!", riefen die schwarzen Frauen hinter ihr. „Warum?!" Warum musste ein so honoriger und anständiger Ehemann so früh sterben?, wollten sie vom Himmel wissen. Sophie schwieg dazu, wie sie auch in den letzten Jahren ihrer Ehe geschwiegen hatte."

Er war viel gereist in diesen letzten Jahren. Auffällig viel. Obwohl seine Geschäfte stagnierten, nahm die

Zahl seiner Geschäftsreisen zu. Ständig war er unterwegs, manchmal sogar tagelang, bis in die Wochenenden hinein. Sie versuchte, mit ihm darüber zu reden: Es sei schade, dass er so oft fort sei. Ob diese vielen Reisen denn unbedingt sein müssten? Er sah sie mit traurigen Augen an und nahm sie in die Arme.

„Mein Engel, ich bin traurig, wenn du mir misstraust."

„Ich misstraue dir nicht! Ich liebe dich doch!"

„Warum fragst du dann?"

Sie versprach, ihn nie wieder zu fragen. Und gab sich zufrieden. Als sie eines abends allein – ihr Mann war wieder einmal unterwegs – im Internet surfte und sich wahllos durch Facebook-Seiten klickte, sah sie sein Bild. Es war der reine Zufall, dass sie daran hängen blieb: Evangelos trug auf dem Foto den neuen Pullover, den sie ihm gerade vor einem Monat geschenkt hatte. Auf seinem Knie saß ein kleines, dunkelhaariges Mädchen, vor ihm auf dem Tisch prangte ein Geburtstagskuchen mit einer großen „5" darauf. Kein weiterer Kommentar, kein Name, nur das Bild. Egal, wer es gepostet hatte und warum – es war ein Foto aus letzter Zeit, in der ihr Mann angeblich auf Geschäftsreise gewesen war.

Wer war das Kind? Führte ihr Mann ein Doppelleben? Konnte das sein? Die Zweifel raubten ihr den Schlaf. Sie sei naiv wie ein verliebtes Mädchen gewesen, schalt sie sich und nahm sich vor, ihn bei passender Gelegenheit zur Rede stellen. Die Gelegenheit ergab sich nicht: Evangelos überhäufte sie mit Geschenken, war zärtlich, fürsorglich, achtsam – ein wunderbarer Mann und Liebhaber. Und doch ein Betrüger? Sie beauftragte heimlich eine Detektei. Sie wollte Gewissheit haben. Sie fühlte sich selbst wie eine Betrügerin, wenn sie gemeinsam mit Evangelos Konzerte oder Ausstellungen besuchte, während Detektive sein Leben durchkämmten.

Als sie Gewissheit hatte, änderte sich nichts. Er fuhr weiter zur Mutter seines fünfjährigen Sohnes ins Rheinland, besuchte seine griechische Geliebte und umsorgte Sophie zugleich mit liebevoller Aufmerksamkeit. Sie schwieg und versuchte so zu leben, als wisse sie nicht, was sie wusste. Das Wissen ließ sich nicht rückgängig machen und vergällte ihr seine Zärtlichkeiten. Sie wollte nicht auch ihre zweite Ehe scheitern sehen, auf keinen Fall. Sie biss die Zähne zusammen.

„Geht es dir schlecht?", fragte er besorgt.

„Nein", log sie und litt Höllenqualen der Eifersucht, während er freundlich und zufrieden sein Leben an ihrer Seite lebte. Sie wollte ihn nicht verlassen und wollte nicht, dass er sie verließ. Sie wollte, dass sie beide im gleichen Maße Freude und Leid teilten. Freude hatten sie geteilt, jetzt kam der Schmerz. „Ich bin von diesem Mann abhängig wie von einer

Droge", erkannte sie. „Ich könnte ihn nie verlassen, solange er lebt" – das war die Wahrheit. Aber wahr war auch der Umkehrschluss.

Sie ließ im Garten Oleander-Büsche pflanzen. Oleander wächst schnell.

„Sei vorsichtig damit, Oleander ist giftig", warnte er. - „Keine Sorge", lachte sie und küsste ihn flüchtig auf die Wange, „ich esse ihn ja nicht."

Sie schnitt ihm gelegentlich Oleanderblätter in seinen Salat und kochte sie feingehackt mit dem Kaffee für seinen schwarzen Morgen- und Mittagsespresso.

„Damit wir die Qualen unserer Beziehung gleichmäßig verteilen", sagte sie sich, wenn sie ihn leiden sah. Sie wollte ihn nicht töten, nur quälen. „Bei mir sind es die Eifersucht und die Enttäuschung, bei dir die Oleanderblätter, die uns das Leben vergällen." Das dachte sie, aber sagte es nicht.

Sophie schob entschlossen den Witwenschleier aus ihrem Gesicht über Stirn und Haar und setzte sich aufrecht. Da lag er. Bleich und tot. Fliegen saßen nun auf Gesicht und Brust des Mannes, den sie geliebt hatte wie keinen sonst. Den sie gehasst hatte wie keinen sonst. Wut und Trauer erfüllten sie und trieben ihr Tränen in die Augen.

„Υα τi?!", riefen die schwarzen Frauen hinter ihr und hoben die Hände zum Himmel. „Warum?!"

Sophia umklammerte den Griff des schwarzen Fächers, bis die Knöchel ihrer Hand weiß waren wie

Evangelos' Gesicht. Dann schlug sie zu. „Darum",
sagte sie, und die Fliegen stoben auseinander.

„Darum!"

Hot Dog

Ich saß auf der Parkbank am Ende unserer Straße in der Nachmittagssonne, da kam Freder angejoggt, drehte eine Ehrenrunde um das Königinnendenkmal und kam dann zu mir

„FivePointSeven – wie klingt das?", wollte er von mir wissen.

„Sehr interessant", antwortete ich, „und was bedeutet das?"

Das sei ein möglicher Name seiner neuen Firma; er sei dabei, sich beruflich auf eigene Beine zu stellen, keuchte er, stellte einen Fuß neben mich auf die Bank und dehnte sein rechtes Bein.

Freder ist ein leidenschaftlicher Jogger, wer fit sein will für den 'struggle for life' dürfe sich keine Schwächen gönnen, glaubt er. Schon seinem siebenjährigen Sohn impft er seine Maxime ein: Fit und clever sein, um Geld zu verdienen, denn Geld ist das Wichtigste im Leben und alles andere nachrangig.

Er keuchte und versuchte dabei zu lächeln. Joggen mache glücklich, behauptete er.

Da Glück doch nur nachrangig sei, hätte er, statt Glückshormone freizusetzen, besser an Stelle des dreiviertelstündigen Laufens Geld machen können, scherzte ich. Mein Spott perlte an ihm ab. Er wechselte Stand- und Dehnbein und erklärte, dass er

schon vor Tagen während des Joggens über den Namen seiner Firma nachgedacht habe, und ihm dabei
„FivePointSeven" eingefallen sei; dieser Name sei
möglicherweise Geld wert und das begleitende
Glücksgefühl eine schöne Zutat.

Freder könnte mein Sohn sein. Wir leben in der selben vornehmen Straße, wir sind Nachbarn. Kennengelernt haben wir uns vor zwei Sommern bei einer
spontanen Müllparty vor dem Haus. Es war ein herrli-
cher Abend, eigentlich zu schade, um nach dem Aus-
leeren der Müllbeutel schon wieder nach oben in die
Wohnung zu gehen. Freder hatte die Initiative ergrif-
fen und Wein und Gläser geholt, ich brachte Brot
und Käse, andere Hausbewohner kamen mit weiteren Zutaten dazu und allmählich hatte das Treffen vor
den Müllcontainern Form einer Party angenommen,
die bis weit nach Sonnenuntergang gedauert hatte.

Freder ist ein hagerer junger Mann in leicht ge-
bückter Haltung, das stete Joggen scheint Spuren
hinterlassen zu haben, was seinem gewinnenden Wesen allerdings keinen Abbruch tut. Während er mit
mir spricht, schaut er mich an, als schaue er tief in
mich hinein. Ich deute diesen Blick als Anteilnahme,
als Interesse, als Indiz dafür, dass er meine Meinung
ernst nimmt und mit meiner Meinung auch mich. Er
arbeite als Manager, er optimiere Arbeitsabläufe und
motiviere Mitarbeiter, hatte er mir während der Müll-
Party erklärt. Seitdem bin ich felsenfest davon über-

zeugt, dass er einen sehr guten Job macht, wie es in seinem Jargon heißt. Einen guten Job haben – so sagte man in meiner alten Welt, einen guten Job machen – in seiner neuen; schon in der Wortwahl zeigt sich der Altersunterschied zwischen uns. Wir duzen uns seit damals. Er schätzt meine Lebenserfahrung, ich seinen Unternehmungsgeist. Er besitzt eine sanfte Art, die Vorgänge der Arbeitswelt aufs Wesentliche zu konzentrieren. So erklärt er mir die Welt, schätzt meine Zweifel, bleibt aber beharrlich in seinen Auffassungen. So leben wir höflich neben einander her.

„FivePointSeven - Manager-Coaching und Projektmanagement", wiederholte Freder und hob das linke Bein von der Bank, „das hat doch was."

„Und was genau bedeutet FivePointSeven?"

Statt einer Antwort begann er mit Rumpfbeugen, bis seine Handflächen den Boden berührten.

„Was es genau bedeutet, ist nicht wichtig. Das erfahren die Menschen, wenn sie mit mir im Gespräch sind. Aber um mit ihnen ins Gespräch zu kommen, brauche ich ihre Aufmerksamkeit. Und die erreiche ich mit damit." Und mit einem Lächeln fügte er hinzu: „Außerdem sind 'F.P.S' die Kürzel von Freder Paul Severin, meinen Vornamen, Freunde nennen mich ohnehin nur FPS. Und die erste Hürde hat FivePointSeven schon genommen." Er blickte auf sein iPhone und nickte mir zu: „Komm, wir essen eine Kleinigkeit, meine Frau leitet noch ihr Coaching-Seminar und der Sohn ist beim Fußballtraining. Ich habe eine halbe Stunde Zeit."

Seine Frau kenne ich gar nicht. Ihn treffe ich bisweilen beim Einkaufen oder wenn er seinen Sohn zur Schule oder zum Fußball bringt; Homeoffice nennt er das. Wie er Beruf und Familie unter einen Hut bringt, ist sein Geheimnis.

Er nötigte mich in seinen BMW, wischte sich mit dem Ärmel seines Shirts den Schweiß von der Stirn und brauste los. Halbe Stunde Zeit und und Essen im verschwitzen Jogging-Outfit – das hört sich verdammt nach Döner-Bude an, dachte ich. Es kam noch schlimmer, wir fuhren zu Ikea.

Ein Hotdog bei Ikea sei absolut Kult, erklärte FPS; sich mal so richtig prollig eine Wurst reinziehen, das müsse ab und zu mal sein. Er kurvte auf den Parkplatz, wir trabten in den Ausgangsbereich hinter den Kassen. Self-Service, auch das noch. „Wenn schon, denn schon", lachte er und blätterte zwei Euros für zwei Hotdogs hin. „Weißt du übrigens, dass ein deutscher Migrant, ein Hannoveraner, die Dinger 1867 in Coney Island erfunden und damit Geld gescheffelt hat?" - Ich wusste es nicht und hielt das längliche weiche Brötchen zwischen zwei Fingern wie die erste Zigarette, die ich in meinem Leben geraucht hatte. „Du musst Mayo, Ketchup, Senf, Gurken und reichlich Röstzwiebeln drauf klatschen, das volle Programm!", ermunterte er mich begeistert. Dann erzählte er, dass er normalerweise in die Markthalle zu Mario gehe, am liebsten zum Frühstück, weil er dort interessante Leute träfe, zum Beispiel André. André habe ungeheure Verbindungen. An André komme niemand vorbei, der Geschäfte machen wolle. Aber André lasse niemanden an sich heran, er beiße alles weg, was ihm nicht in den Kram passe, ein typischer Pitbull eben.

„Er hat einen Pitbull dabei?", fragte ich.

„Nein, er ist einer. Ein Pitbull-Typ, mit einem kleinen Pudel-Anteil."

Er redete mit mir, als müsse ich wissen, dass er Menschen in Hunde-Typen einteilte: den bissigen Pitbull, den eitlen Pudel, den informationssüchtigen Pinscher, den eigensinnigen Dackel. André also sei Pitbull, das habe er damals noch nicht gecheckt. „Als ich ihn zum ersten Mal traf, hat er mich abblitzen lassen, er habe keine Zeit für unwichtige Dinge; dabei schlürfte er seinen Cappuccino und ließ mich links liegen. Inzwischen weiß ich, wie man Pitbulls behandelt – man grüßt eilig, wirft ihnen im Vorübergehen den Knochen 'Hab gerade viel zu tun mit FivePoint-Seven' zu und geht weiter. - Ich könne mal mit ihm einen Café trinken, wenn ich Zeit hätte, rief er mir nach. Touché!"

FPS strahlte und biss in den Hotdog, von seinen Lefzen tropfte Tomatenblut.

„Und was bist du für ein Hunde-Typ?" fragte ich.

„Pinscher mit einem gehörigen Dackel-Anteil. Merkel ist übrigens reiner Dackel, Seehofer Pudel, Trump natürlich Pitpull, ebenso wie Orban und Erdoğan, ist ja klar. Ja, mein Lieber, so macht man heute Geschäfte, und Geschäfte machen ist Politik!"

Plötzlich kam mir der smarte FPS sehr fremd und gar nicht mehr so liebenswert vor; mir schien, als vergrößere sich sein Gesicht mit jedem Bissen zu einer riesigen Schnauze mit spitzen Ohren darüber. Er schlang seinen Hot dog mit einer Gier herunter, als habe er tagelang nichts mehr zu fressen bekommen.

Den kenne ich eigentlich gar nicht, dachte ich, vielleicht ist er ein ganz anderer als in meiner Vorstellung, und sein Management-Gerede ist nur Show und in Wirklichkeit lebt er von Stütze und markiert den großen Geschäftsmann? Und sein Five-Point-Seven ist reiner Schwachsinn?

Man könne sich die Hotdogs auch im Multipack mit nach Hause nehmen, schmatzte der Pinscher. „Klasse Aktion. Hab auf diese Art schon mal ein romantisches Dinner for two gemacht. Kam gut an. Allerdings wollte sie danach partout keinen Sex. Warum auch immer!", bellte er, sah auf sein iPhone und sagte, er müsse los.

Ich ließ mein Brötchen samt Inhalt still in den Abfallkorb gleiten. Freder Paul Severin bemerkte es nicht.

„Ich glaube, ich kann mit FivePointSeven einen ganz großen Coup landen", sagte er mit aufmerksamem Pinscher-Blick in die Ferne, „oder was meinst du?"

„Sicher", log ich.

Plötzlich tat mir der große FPS ein wenig leid. „Und danke für den Hotdog."

„Dafür nicht" lachte er, „kostet ja nur einen Euro."

„Aber das Erlebnis war unbezahlbar!" Und die Erkenntnis, dass selbst im größten hot Dog meistens nur ein armes Würstchen steckt. Aber das behielt ich für mich.

Taxi nach Kalifornien

„In sechs Wochen feiern wir unseren zehnjährigen Hochzeitstag. Du siehst, mein Schatz, so etwas vergesse ich trotz meiner Arbeit nicht." Klaus, der als Ingenieur beim städtischen Bauamt gut beschäftigt war, prostete mit der Kaffeetasse seiner Elke zu. „Ich habe mir auch schon etwas ausgedacht ..." -

Sie füllte seine bedeutungsvolle Pause mit einem knappen 'Aha' und griff zur Morgenzeitung.

„Interessiert dich wohl nicht sehr?"

„Doch, doch", beeilte sie sich und begann zu lesen.

„Ich sage nur Kalifornien ..." Elke ließ die Zeitung sinken - „unser Hotel liegt nur wenige Autominuten von Brasilien entfernt ..."

"Wieso – ich versteh nicht ..." Eine irre Hoffnung erfüllte sie plötzlich, doch sie verflog wenig später mit seiner Erklärung: Kalifornien und Brasilien seien Campingplätze am Schöneberger Strand an der Ostseeküste, nicht weit von Kiel. Wenn sie mal etwas Außergewöhnliches erleben wolle, könne sie das dort im Februar: „Allein mit Meer und mir!", scherzte er.

Ihr sei es im Februar an der Ostsee auch mit ihm entschieden zu kalt, sagte Elke und verkroch sich wieder hinter ihrer Zeitung; wenn sie schon ihr kuscheliges Zuhause verlasse, um an ihrem zehnten Hochzeitstag etwas Außergewöhnliches zu erleben, dann irgendwo im warmen Süden. Damit das klar sei.

Der warme Süden sei zu dieser Zeit nur per Flugzeug zu erreichen und für ihr eheliches Reisebudget entschieden zu kostspielig, widersprach Klaus. Ihm schwebe ein Wochenendurlaub vor, kurz, aber dafür besonders eindrücklich. Dazu biete sich im Februar nun mal die deutsche Ostseeküste an: preisgünstig, leergefegt von Touristen, sturmgepeitscht von Tiefs wie Egon, deren Gewalt man zum Beispiel vom kuschelig-warmen California-Hotel aus herrlich beobachten könne. Nur sie beide, am Hochzeitstag in einer Hochzeitssuite im Sturm der Elemente! Das verspreche doch ein originelles Erlebnis zu werden, an das sie beide noch lange zurückdenken könnten. „Abgemacht?"

Sie friere schon bei dem Gedanken daran. Im Februar zum Hochzeitstag an die Ostsee zu fahren – so etwas falle ihr im Traum nicht ein, sagte sie.

„Aber mir", sagte er und versuchte ein warmes Lächeln: „Wir gehen toll essen und kuscheln uns hinterher ins Bett und schauen dabei übers wilde Meer."

„Schön", lächelte Elke zurück, „Essen und Kuscheln ja, aber bitte auf Gran Canaria. Wir könnten da kuschelig am Strand liegen und wild übers Meer schauen – sogar nackt, wenn du gerne willst. Warm genug wäre es. Und wir brauchten dann wirklich nur ein win-

ziges Köfferchen mitzunehmen ..." Sein Lächeln kühl-
te sich ab. „Lass deine Witze", sagte er mit Nach-
druck, „komm mal runter von deinem Traum und lan-
de auf den Boden der Realität, und der heißt Kalifornien, dicht bei Brasilien, Gemeinde Schönberg, deutsche Ostseeküste. Da kannst du so viel Gepäck mitnehmen wie du willst, wir fliegen nicht, wir nehmen
das Auto.

Sie saßen beim Frühstück und taten so, als läsen sie
Zeitung. Klaus schielte über den Rand zu Elke hinüber. Sie hielt die Augen geschlossen.

„Schläfst du?", fragte er.

„Nein", sagte sie mühsam beherrscht und starrte
mit zusammengepressten Augen ins Blatt: „Wir müssen nicht wegfahren. Wir müssen unseren Hochzeitstag nicht feiern. Wir müssen uns deswegen nicht
streiten."

Er ließ seinen Zeitungsteil sinken. „Genau. Ich will
mich auch nicht streiten, ich wollte dir eine Freude
machen – und habe schon gebucht!"

In den folgenden beiden Wochen sprachen sie
kaum miteinander. Er könne ja allein hinfahren und
seinen Hochzeitstag feiern. Sie würde dann im Jahr
darauf mit Freundinnen ihren Scheidungstag begehen, ließ sie verlauten. Er kaufte ihr bündelweise Tul-
pen als Versöhnungsangebot. „Alles für dich!", lächelte er, wenn er ohne Aufforderung das Geschirr
abtrocknete oder sich beim Pinkeln auf die Brille ge-

setzt hatte. „Das ist ja das Problem!", stöhnte sie.

„Wieso?", fragte er.

„Ach ..." sagte sie.

An dieser Stelle ist ein Zwischenruf fällig: Das 'Ach' einer Frau kann so vieldeutig sein, dass man Bände damit füllen könnte. Denken wir nur an das 'Ach' der Alkmene in Kleists Komödie 'Amphitryon' – der brave antike Feldherr wusste auch wenig mit dem geseufzten 'Ach' seiner Gattin anzufangen, verstand sie und die Welt nicht und versuchte durch Wiederholen des Hergebrachten wettzumachen, was ihm an Einsicht fehlte.

Eines Tages, Ende Januar, sie saßen wortlos am Frühstückstisch, schob Klaus seiner Elke verstohlen einen Prospekt über den Tisch. Das Hotel Kalifornia schillerte verführerisch in den schönsten Farben, die Hochzeitssuite lockte mit einem Prachtbett und einem fantastischen Ausblick aufs sommerliche Meer, alles in Hochglanz. Die Ostsee sah aus wie gedruckt.

„Sauna und Spa gibt's natürlich auch", murmelte Klaus. Kannst ja mal einen Blick drauf werfen."

Sie warf keinen Blick darauf. Ob er schon storniert habe, wollte sie beim Abräumen wissen.

„Nö."

Ob er im Ernst glaube, dass sie mit ihm dahin fahre?"

„Glaub' schon."

„Ach!"

„Kauf dir noch was schönes Warmes, das du ausziehen kannst, wenn's dir da oben zu heiß wird!", witzelte Klaus gelegentlich, wenn Elke in der Nähe war. 'Da oben' sollte 'Kalifornien' heißen, aber er hütete sich, es zu sagen; er ließ Blumen sprechen und hoffte, er würde verstanden. Der Februar begann mit einem strahlend blauen Himmel, darauf weiße karibische Wölkchen wie gemalt. Schnee lag, Wind blies, Sonne strahlte, als habe Klaus sie extra dafür bezahlt. Die Natur ist so unberechenbar wie das 'Ach' einer Frau – mit diesem Allgemeinplatz erklären wir die Tatsache, dass trotz niedriger Temperaturen Elkes eisiges Herz allmählich dahin schmolz und sie gemeinsam mit ihm nach Kalifornien fuhr. Ein Wochenende ohne Termine, ohne Smartphone, hatten sie sich versprochen. Sie wollten unerreichbar sein für alle und nur für einander da. Über alles reden wollten sie, worüber sie jahrelang geschwiegen hatten – ein Eheseminar zu zweit.

Nach der ersten Nacht im Hotel waren sie am späten Vormittag am Strand entlang in die nächste Siedlung gewandert. Die Luft war klar und kalt und roch nach Meer. Sie wolle sich schön machen lassen für den Abend, hatte sie ihm zugezwinkert; er könne sie in einer Stunde vom Friseur abholen.

Es gäbe ein kleines italienisches Restaurant in der Nähe – besser sie träfen sich dort und äßen eine Kleinigkeit zu Mittag, schlug er vor, bevor sie dann

am Abend opulent im Hotel dinierten. Abgemacht.-
Klaus schlenderte durch die Gassen, spazierte
schließlich über einen Parkplatz zum Italiener und bestellte einen Tisch für sie beide. Als er das Restaurant
verlies, sah er den alten Mercedes. Der beleibte Fah-
rer hinterm Steuer fuhr an die Parkplatz-Schranke
und versuchte vergeblich, das Parkticket in den Automaten zu schieben. Es misslang, die Arme waren zu
kurz. Statt auszusteigen, fuhr er zurück und versuchte
mit einem neuen Manöver, näher an den Automaten
heranzukommen. Wieder vergeblich. "Darf ich Ihnen
helfen", fragte der gutgelaunte Klaus, ließ sich vom
dankbaren Dicken das Ticket geben und steckte es in
den Automaten-Schlitz. Die Schranke hob sich und
Klaus schaute grinsend dem davon fahrenden Wagen
nach.

Die herunter klappende Schranke traf ihn mit voller
Wucht auf den Kopf; er torkelte benommen zur Seite. „Nicht mit einer Gummikante abgesichert – solche Schranken sind doch verboten", dachte der Ingenieur in ihm noch, ehe ihm das Blut in Strömen
von der Halbglatze über Stirn und Augen lief. Im Nu
war sein Gesicht blutverschmiert. Aus dem Restaurant kamen ihm Menschen entgegen, stützten ihn,
bis Sanitäter ihn zum nächsten Arzt brachten. Dort
war die Platzwunde bald versorgt. Ob man ihn zurück
in sein Hotel bringen solle? Er lehnte dankend ab, er
brauche etwas frische Luft und wolle laufen.

Wind war aufgekommen. Es war wärmer geworden. Der Wind zerrte an Elkes Frisur, als sie zum Italiener ging. Kaum Gäste im Lokal, auch Klaus nicht. Natürlich nicht. Warum musste immer sie auf ihn warten und nicht umgekehrt? Sie fühlte Ärger in sich aufsteigen. Wenigstens an ihrem Hochzeitstag hätte er pünktlich sein können. Sie setzte sich und winkte dem Kellner: „Eine Tomatensuppe!" Der starrte sie an: Ob sie möglicherweise die Frau des Mannes sei, der für sich und seine Gattin einen Tisch bestellt habe? So viele fremde Gäste gäbe es ja nicht zur Zeit. Der Mann werde übrigens nicht kommen, der sei blutüberströmt weggebracht worden.

„Weggebracht? Wohin?!"

„Nach Schönberg wahrscheinlich. Sah schlimm aus! Lebt aber noch," tröstete er sie mit norddeutscher Freundlichkeit. Elke ließ ihre Tomatensuppe stehen, bestellte ein Taxi. „Dat kann dauern", sagte der italienische Kellner mit plattdeutschem Zungenschlag, es gäbe nur wenig Taxen um diese Zeit.

Diese Erfahrung machte auch Klaus. Der Rückweg war länger als gedacht. Ein Taxi brauste in der Gegenrichtung an ihm vorbei, sonst nichts. Die Gegend schien wie ausgestorben. Er verfluchte seine Idee, ein Smartphone-freies Wochenende zu verleben. Graupelschauer schlugen ihm ins Gesicht. Er ging, so schnell er konnte. Es dauerte lange. Nach einer Stunde erreichte er das italienische Lokal, der Kellner wollte gerade schließen. „Sie", staunte er, „Ihre Gattin war vorhin hier und ist jetzt zu Ihnen ins Krankenhaus gefahren. Nach Schönberg wahrscheinlich."

„Bringen Sie mir irgendwas Warmes, eine Suppe meinetwegen."

„Die Küche ist dicht."

Dann einen Schnaps!",„

Wir haben schon zu!"

„Und noch einen zweiten, sonst fall ich um! Und ein Taxi nach Kalifornien."

„Dat kann dauern. Mit dem Taxi, meine ich."

Statt zu warten, machte sich Klaus zu Fuß auf den Weg: Regen, Wind, Schnee und Sand – Ostsee im Februar, das volle Programm. Als er völlig erledigt nach einer Stunde an die Hotelbar stolperte, saß Elke dort und trank Schnaps. Sie sprang auf:

„Was um Himmelswillen …?!"

„Später!" Er ging auf sie zu und versuchte sie zu küssen.

„Du hast getrunken!"

"Das auch!", sagte er und versuchte ein Lächeln: „Hab ich dir nicht versprochen, diesen Hochzeitstag würden wir so schnell nicht vergessen? Hab's gehalten. Alles Weitere oben."

Sie stiegen kichernd hinauf in ihre Hochzeitssuite.

„Und sonst bist du okay?", fragte sie.

„Völlig fit! Muss mich nur mal kurz ...". Er setzte sich aus Bett, streifte die Schuhe von den Füßen, ließ sich in die Laken fallen. „Ich habe uns für den Abend ein geiles Menü bestellt", gähnte er.

Vorm Fenster streckte ein neues Sturmtief seine ersten Ausläufer über den Deich, Schaumkronen tanzten auf dem Wasser. „Nun hast du wie gewünscht dein Meer und mich!", lachte Elke am Fenster, „Und? Was sagst du?"

Klaus sagte nichts. Klaus schlief.

Der mit dem Wolf spielt

Das Enkelkinder-Hüten ist für mich kein Kinderspiel sondern eine Aufgabe mit geregelten Arbeitsabläufen; so auch neulich: Oma war fürs Schmusen gut, die dreijährige Sofie wich nicht von ihrer Seite. Opa sah aus sicherer Entfernung zu, erledigte Handlangerdienste und wurde am Nachmittag als Partner beim Domino-Spielen hinzugezogen. Da ich jedoch ernsthaft spiele und deswegen natürlich auch gewinnen will, wurde ich nach der zweiten Runde vom Spiel ausgeschlossen und durfte mich in die Küche zurückziehen, um Kakao für Sofie zu kochen. Kaum war der Kakao fertig, mochte sie ihn nicht mehr, weil er ihr zu heiß war. Statt zu warten, bis er abgekühlt war, mochte sie nun lieber Apfelsaft. Ich trank also den Kakao selber, brachte Sofie ein Glas Saft und erfuhr, dass das Schätzchen plötzlich Hunger hatte und unbedingt essen musste, danach aber den abgekühlten Kakao trinken wollte.

Also kochte ich wieder Kakao, um ihn abkühlen zu lassen, schmierte eine Scheibe Brot, schnitt sie in kleine Häppchen, um mit Sofie „Garage" spielen zu können: ihr Mund ist die Garage und die Brothäppchen fahren, fliegen oder schwimmen hinein – je nach Verkehrsmittel, das Opa vorschlagen darf. Danach wollte sie Apfelsaft trinken, aber den hatte ich inzwischen getrunken, weil Sofie nun doch Kakao hatte trinken wollen. „Ich hab dieses Hin-und-her jetzt satt," knurrte ich meine Frau an, trank den kühlen Kakao und schob Sofie einen neuen Saft hin. „Und nun?"

„Du könnest ihr etwas vorlesen", sagte meine Frau, sie müsse mal kurz aus dem Haus, etwas einkaufen. „Bin gleich wieder da", tröstete sie die kleine Sofie, als sei der Opa ein notwendiges Übel, das man hinnehmen müsse wie einen Graupelschauer im April.- Sofie hatte aus der Abstellkammer die Kiste mit den Spielsachen und Büchern hervorgezerrt.

„Puzzle", bestimmte sie.

Ich versuchte ihr zu erklären, dass man am besten zuerst die geraden Puzzlestücke suchen müsse, um den Rahmen zu legen.

„Nein", sagte sie, begann in der Mitte und hatte im Nu das Hauptmotiv beisammen, während der Opa sich noch mit dem Rahmen abmühte. Ich blickte verstohlen auf die Uhr; hoffentlich kommt Oma gleich zurück, hoffte ich. Doch Oma ließ sich Zeit.

„Vorlesen!"

Ich griff nach „Oh wie schön ist Panama", meinem Lieblingsvorlesebuch. „Das lese ich dir vor!"

„Nein", sagte Sofie und begann schon nach einem anderen Buch zu suchen.

„Aber es ist doch ein so schönes Buch!", lockte der Opa. Die Enkeltochter war für seine Verlockungen nicht zu haben. Sie kramte ein rosa farbenes Heft hervor, ein kleines Disney-Buch, das deutliche Gebrauchsspuren aufwies. „Ach Gott", seufzte ich und erinnerte mich. Als ich noch nur Vater war und die Großvaterschaft in weiter Ferne, hatte meine Frau eines Tages eine Freundin mit nach Hause gebracht, eine Freundin mit einer kleinen Tochter namens Fiona, die im gleichen Alter war wie unser Sohn Christof. Die beiden Kinder sollten miteinander spielen, hofften die Erwachsenen, damit man sich unterhalten könne. Doch stattdessen mussten die Kinder unterhalten werden, die nicht die geringste Neigung zeigten, miteinander zu spielen. „Vorlesen", greinte Fiona damals. Und damit begann es: Die Mutter zog eben dieses rosa Heft aus der Tasche: „Die drei kleinen Schweinchen als Baumeister" und begann, vorzulesen. Es wirkte Wunder; die Kinder saßen einträchtig beieinander, hörten zu und sahen sich die Bilder an.

'Eine saudumme Geschichte', wie ich schon damals fand: Drei rosa Schweinchen, alle drei musikalisch – eines spielt Flöte, eines Geige, eines Mundharmonika – ziehen in die Welt und wollen, jedes für sich, ein Häuschen bauen, als stammten sie aus Schwaben. Das faulste baut sich ein Strohhütte, das nächste eine wacklige Holzhütte, und nur das fleißige Schweinchen baut sich ein festes Steinhaus und wird für diesen Aufwand von den Geschwistern ausgelacht. Denen vergeht das Lachen, als der böse Wolf kommt, der Lust auf Schweinefleisch hat. Und die Moral von der Geschicht' für alle zukünftigen Häusle-Bauer? Baut solide, damit kein Bösewicht die schnell hingebauten Hütten mit ein paar Pfotenhieben beiseite fegen kann, und sich die beiden faulen Geschwister in höchste Not ins sichere Steinhaus des fleißigen Schweinchens retten können.

Fiona und ihre Mutter kamen oft zu Besuch, die Kinder spielten dennoch nicht gern miteinander, lauschten nur einträchtig für eine kurze Weile dieser blödsinnigen Schweine-Geschichte aus dem Jahre 1973, um danach wieder zu streiten. Es war für Eltern und Kinder eine nervige Zeit. Als sie endete, blieb das zerlesene Heft in Christofs Besitz, wurde weiterhin vorgelesen, überstand mehrere Umzüge, überwinterte, als Christof heiratete, in unserem Keller und wurde mit dem ersten Enkelkind wieder ausgegraben und fand seinen Platz in der Spielkiste.

„Vorlesen!"

„Bitte vorlesen", korrigierte ich und griff nach dem zerschlissenen Heft.

„Bitte vorlesen, Opa", wiederholte Sofie und setzte sich auf meine Knie. Und Opa las. Ich hatte diesen idiotischen Text gefühlte hundert Mal gelesen, hatte das Spottlied der beiden faulen Schweinchen auf ihren fleißigen Bruder gesungen, hatte als großer böser Wolf vor der wackligen Strohhütte Einlass begehrt und, da das Schweinchen nicht öffnete, sie zu einem Strohhaufen demoliert.

„Das ist ein ziemlich blöder Wolf", erklärte ich meiner Enkelin, „der hätte doch längst das Schweinchen fressen können, statt wie irr im Stroh herumzuwühlen und das Schwein weglaufen zu lassen."

Diese logischen Erwägungen ließen Sofie kalt. „Das steht nicht da!", sagte sie und zeigte auf die Stelle, an der ich vom Text abgewichen war. „Du sollst das vorlesen, was da steht!"

Ich las mit Widerwillen weiter von Schweinchen eins und zwei in der Holzhütte, vom höflichen Wolf, der wieder erst anklopft und um Einlass bittet, der ihm verweigert wird; der darauf verschwindet und als Lamm verkleidet wieder kommt und schlitzohrig um ein Schlafplätzchen fürs Schäfchen bittet. Die Schweine-Brüder erkennen die List, lehnen ab, worauf der Wolf die Holzhütte demoliert und zu einem Holzhaufen macht und dabei die beiden kleinen Schweine wieder weglaufen lässt. „Wie kann man als Wolf nur so umständlich und so blöd sein!", empörte ich mich und ließ das Heft sinken.

„Lies richtig vor, sonst bin ich traurig", empörte sich Sofie und blättert ihrem Großvater die nächste Seite um.

Ich atmete tief, schob mir die Brille über der Nase zurecht und entschied mich, ohne weitere Kommentare bis zum Ende durchzulesen – dafür aber so theatralisch wie möglich, um dem blöden Wolf wenigstens durch meine Lesart ein wenig Gefährlichkeit einzuhauchen. Als die drei kleinen Schweinchen im sicheren Steinhaus den Wolf auslachen, zeigte Opa sein schauspielerischen Talent, rollte die Augen, zog vor Wut die Stirn in Falten, schrie die Enkeltochter an, er werde an ihrem Häuschen „rütteln, bis es einfällt!" und rüttelte und schüttelte die kleine Sofie, als sei sie aus festem Stein gebaut und nicht das Haus, ließ den Wolf zähnefletschend aufs Dach klettern, in den Schornstein springen, hinein in eine Schüssel mit heißem Wasser, die unter dem Schornstein auf dem Herd steht, und mit Wehgeschrei wieder zum Schornstein hinaus fahren und auf Nimmerwiedersehen in den Wald verschwinden! Ende der Geschichte. Sofie starrte ihren Opa an, als säße ein Wolf vor ihr.

„Du bist dumm!", sagte sie dann und deutete auf meinen Kopf, „da bist du dumm!"

„Was? Wo?"

„Da! Da!" Sie zeigte auf meinen Kopf. Bevor der Dialog eskalieren konnte, kehrte meine Frau zurück. Was denn los sei, fragte sie, weil Opa und Enkeltochter irgendwie entgeistert dreinschauten. „Sie hält mich für blöd", entrüstete ich mich. „Ich sei dumm im Kopf – das muss ich mir nun von einer Dreijährigen sagen lassen!" - „Wo genau ist denn der Opa dumm?", fragte die Großmutter ihre Enkeltochter und tätschelte gleichzeitig liebevoll den Kopf ihres Mannes.

„Da!", sagte Sofie und zeigte verschüchtert auf meine Stirn, wo letzte Spuren der wölfischen Wutfalten noch zu erkennen waren.

„Hat der Opa ein bisschen zu wild vorgelesen?", fragte sie.

Sofie konnte wieder lachen. „Ja", sagte sie dann.

Mit freundlichem Gruß

Es sei ein reines Arbeitsessen, sagte Lilli und stellte die gläserne Schale mit den gekochten Wachteleiern neben den Kaviar auf den mit Efeu geschmückten Tisch, rückte das Brett mit den Käsespezialitäten liebevoll zurecht und entkorkte den Sekt: Man müsse sich bitte selbst bedienen, das sei bei ihr seit hundert Jahren so üblich. Das sagte sie, obwohl die beiden Frauen am Tisch einander fast seit sechzig Jahren kannten und das Ritual der Einladungen sich in den letzten Jahren nicht geändert hatte.

„Am Vormittag schon Sekt! Was feiern wir?" Anabelle war, wie Lilli, eine elegante Erscheinung in den frühen Achtzigern. „So feierlich und ganz in Schwarz – was hat das zu bedeuten?"

Statt zu antworten, hob Lilli den langstieligen Kelch und prostete ihrer Freundin zu. Die beiden alten Damen, seit Jahrzehnten schon Witwen, nahmen ein Schlückchen und begannen danach, mit gepflegten Fingern jeweils ein Wachtelei zu pellen. Lilli reichte dazu dunkles Brot und Bärlauchbutter und erklärte genüsslich die verschiedenen, duftenden Käsesorten auf dem Brett. In den Seidenvorhängen vor den großen Fenstern brach sich die Vormittagssonne und hüllte den Salon in ein mildes Oktober-Licht. „Also" – Anabelle tupfte sich mit der gestärkten Serviette die Mundwinkel ab – „haben wir wieder jemanden aus unserem Bekanntenkreis überlebt?" Statt einer Antwort empfahl Lilli, den Tomme de Savoie unbedingt zu probieren. Sie habe gestern nicht umsonst lange am Käsestand in der Markthalle zugebracht. Allerdings habe ein Mann das Vergnügen des Auswählens mit einer unflätigen Bemerkung zu schmälern versucht.

„Was ihm natürlich nicht gelungen ist", ergänzte Anabelle.

„Natürlich nicht!" Lilli trank ein Schlückchen, aß ein Wachtelei, häufte sich eine Löffelspitze Kaviar auf den Teller: „Der Mann hinter mir schwitzte förmlich vor Ungeduld. 'Manchmal helfe ein Einkaufszettel', bellte er laut in meine Richtung, als wäre er auf den Beifall der anderen Wartenden aus. Ich machte mein freundlichstes Gesicht, sah ihn an und sagte mitfühlend: 'Jaja, in Ihrem Alter ganz besonders!'"

Nach dieser Pointe fuhr sie sich mit beiden Händen durch die weißen Haare, prüfte den Sitz der Kämme darin und ließ die Hände wieder sinken. „Meine neue Waffe gegen Flegeleien ist ausgesuchte Höflichkeit und geheuchelte Anteilnahme. Und sie ist sehr wirkungsvoll!" Die anschließende Pause unterstrich die Wirkung dieser neuen Strategie. Anabelle war beeindruckt und nahm einen großen Schluck Sekt. „Und? Nun sag schon was oder leg' Buchstaben auf den Tisch! Das ist doch nicht alles!"

„Also gut", begann Lilli in einem Tone, als wolle sie beichten, „ich habe einen Brief geschrieben.Dass ich mich in meinem Alter dazu habe hinreißen lassen ..." Sie schüttelte dramatisch den Kopf. Anabelle beherrschte sich mühsam, ertrug die folgende Pause und fragte nicht nach.

„Einem mir völlig unbekannten Mann einen Brief zu schreiben! So weit bin ich noch nie gegangen."

„Und weiter?", drängte Anabelle, „immerhin musst Du seinen Namen und die Adresse gekannt haben, um ihm schreiben zu können. Wo hast Du ihn kennengelernt?"

„In der Bahn", gestand Lilli.

„Dass du in deinem Alter wieder mit einem Mann anbändelst! Ich dachte, das Kapitel sei für uns endgültig erledigt! Ist es so ein toller Typ?

„Ja. Auf den ersten Blick. Ich fuhr im Intercity nach Hannover und suchte einen Platz. Er saß in einem fast leeren Abteil, hatte Akten auf den Knien und telefonierte. Äußerst smart, Ende dreißig, blauer Anzug, rote Stiefletten, offenes weißes Hemd, braungebrannt, Dreitagebart. Ich musste einfach hineingehen. Von solchen Männern habe ich früher geträumt!" - „Vor hundert Jahren", erinnerte Anabelle.

„Vor hundert Jahren", bestätigte Lilli. „Ich setzte mich ihm gegenüber. Neben mir nur noch eine andere Frau, die zu lesen versuchte. Es schien ihr nicht möglich zu sein. Nach mehreren Anläufen ließ sie das

Buch sinken und wandte sich an den Mann: Wenn er schon in derartiger Lautstärke telefonieren müsse, dann doch bitte im Gang vor dem Abteil. – Erstens telefoniere er nicht zu seinem Vergnügen, er arbeite, und zweitens sei er laut, weil die Verbindung schlecht sei und drittens, und jetzt brüllte er richtig los, solle sie sich gefälligst um ihre eigenen Angelegenheiten kümmern und ihn in Ruhe lassen. Die Frau klappte ihr Buch zu, nahm ihr Gepäck und verließ das Abteil. 'Zicke' rief er ihr nach, sah mich an, als wolle er mich einschüchtern, und telefonierte rücksichtslos weiter – anscheinend war die Verbindung immer noch schlecht, so dass er weiter brüllte. Mit einer fürchterlichen Quäkstimme. Einer Stimme, die so gar nicht zu dieser adretten Erscheinung passte."

„Und du bist nicht in die Luft gegangen, sondern hast ihm geschrieben?"

„Nicht ihm!", lächelte Lilli, „nicht ihm – aber geschrieben hab' ich!"

Sie trank eine großen Schluck Sekt, stand auf, breitete die Arme aus, als habe sie eine Auswahl zu treffen, entschied sich, stakste zur Kommode, kam mit einem Notizzettel zurück. „Ich musste ja alles mithören, musste ja. Da hatte ich plötzlich den Einfall, auch mitzuschreiben. Es ging – ich mache es kurz – um eine Kur, die ein Herr Runge aus Neustadt, Moorweg 16, beantragt hatte, und die der Mann partout nicht bewilligen wollte. Dieser Runge, brüllte der Mann in

sein Handy, sei ein Simulant, ein jähzorniger Scheißkerl; er, Wellmann, könne ein Lied davon singen, dieser Runge neige zu Gewalttätigkeit, wenn man nicht
seiner Meinung sei. Er sei ein Besserwisser, ein ..! Er
schimpfte wie ein Droschkenkutscher auf diesen armen Runge, der aller Wahrscheinlichkeit auch nicht
gerade ein Sympathieträger war: Die einzige Kur, die
man diesem Dreckskerl verordnen müsse, sei eine
Entziehungskur, die der Säufer aber nicht beantragt
habe! Er, Wellmann, werde diesem Heini auf keinen
Fall eine Erholungskur bewilligen, soweit komme es
noch! Ob das klar sei?!

Anscheinend war es endlich klar, denn Herr Wellmann machte eine Telefonier-Pause. Ich nutzte die
Gelegenheit, stand auf und wandte mich mit freund-
lichstem Gesicht an ihn: Ich sei eine alte Bekannte
von Herrn Runge, werde ihn demnächst treffen und
könne ihn ja schon vorsichtig auf die Ablehnung seiner Kur vorbereiten. Ob ich ihn von ihm – Herrn
Wellmann? – grüßen solle? – „Nein!", rief er, folgte
mir in den Gang und quäkte, das solle ich auf keinen
Fall tun, das ginge mich alles nichts an. Er begleitete
mich mit seinem Sermon noch bis zur Waggontür
und beschwor mich schließlich flüsternd, nichts von
alledem gehört zu haben; außerdem könne er den
Fall Runge ja noch mal … Ich stieg aus und ging
frohgemut nach Hause, trank ein Schlückchen, über-
dachte den Fall und überlegte, wie man zwei fiese

Fliegen mit einer Klappe schlagen könnte!" Sie lächelte genüßlich ihre Freundin an und schenkte nach.

Anabelle klatschte kichernd in die Hände. „Und du schriebst einen Brief ..." - „... an Herrn Runge ", kicherte Lilli zurück, „und zwar in dem Stil, wie eine liebe Freundin einem lieben Freunde schreibt, dass ..."- „...dieser grässliche Herr Wellmann ihn in aller Öffentlichkeit schrecklich beleidigt, einen Säufer genannt und ihm aus purer Böswilligkeit die verdiente Kur abgelehnt habe!", ergänzte Anabelle und jubelte: „Er wird vor Wut platzen, jähzornig, wie er sein soll! Großartig! Den nächsten Brief schreiben wir aber zusammen, das musst du mit versprechen!"

Lilli versprach es und fügte hinzu, dass sie auf dem Umschlag ihren Absender vergessen und auch das Schreiben mit 'mit herzlichem Gruß' ohne Unterschrift habe enden lassen.

„Genial", seufzte Anabelle, leerte ihr Glas, probierte ein Stück vom Tomme de Savoie und lehnte sich zurück. Lilli hob eine Zeitungsseite vom Stuhl neben sich und schob sie ihrer Freundin entgegen: „Hast du die Schlagzeile in dieser Zeitung gelesen, die ich sonst nie lese? 'Ausgerasteter Frührentner randaliert in Versicherungsbüro und schlägt Angestellten krankenhausreif'. - „Hab ich gelesen, obwohl ich diese Zeitung sonst auch nicht lese", sagte Anabelle, „und wenn ich darin lese, dann ohnehin nur die Schlagzeilen ..." Sie brauchte einen Moment, bis der Groschen fiel: „Du meinst, der Frührentner ist Runge?"„Lies den Rest", sagte Lilli und ein Glücksgefühl überkam sie. Anabelle las, dass der jähzornige Runge verhaftet und wegen schwerer Körperverletzung angeklagt sei; sein Opfer sei lebensgefährlich verletzt. Er habe randaliert, weil ihm eine Kur nicht bewilligt worden sei – was sich allerdings als tragischer Irrtum herausgestellt habe: Noch am Tag seiner Verhaftung sei ein Brief von der Versicherung mit der Genehmigung der Kur eingetroffen.

„Ja", sagte Lilli und verschränkte die Hände hinter ihrem Kopf, „dann haben wir mal wieder zwei Ekel aus dem Verkehr gezogen – der eine sitzt fest, der andere liegt flach. Mit Freundlichkeit kann man doch einiges bewirken."

Frühstückstheater

Er fiel mir auf: Stand lauernd an der Fleischtheke im Supermarkt und äugte zu einer eleganten Brünetten hinüber, die unentschlossen vor einem Regal mit Nudeln stand, eine Packung nahm, sie wieder zurück stellte, ehe sie endgültig zugriff, sie in ihren Einkaufswagen legte und weiter schob. Es war ein Dienstag gegen neun. Wenig Betrieb im Laden. Meine Frau hatte mich einkaufen geschickt; ich hatte die Einkaufsliste in meiner Jackentasche und den noch leeren Einkaufskorb an meiner Seite. Normalerweise erledige ich derartige Aufgaben im Eilschritt, greife ohne Zaudern zu, Hauptsache es geht schnell. Zuhause wartet danach als Belohnung ein zweites Frühstück. Normalerweise.

Ich sah, wie der Mann der Frau wie ihr Schatten folgte und ihre Einkäufe beobachtete. Nur kurz stoppte er an der Brottheke, angelte sich, ohne sie aus den Augen zu lassen, ein Brötchen und war mit wenigen schnellen Schritten wieder an der Seite seines Opfers. Die Frau schien nichts davon zu bemerken, sie kaufte ein und wir schauten zu – er ihr, ich ihm.

Wir durchquerten zu dritt das Labyrinth der Gänge; „Was will er von ihr", fragte ich mich fasziniert. Der Mann sah grundsolide aus: Halbglatze, die Resthaare sorgsam gekämmt, Cordjacke, Pullover, Jeans, vielleicht Ende vierzig, schätzte ich. Sie war eine adrette Erscheinung in den Fünfzigern. Bislang hatte der Mann sich immer einige Meter von ihr entfernt gehalten. Nun, da sie vor einer Kühltruhe mit Fertiggerichten stand und sich nach mehrmaligem Prüfen für eine Packung entschieden hatte und sie in den Einkaufskorb legen wollte, drängte sich der Mann an ihre Seite. Auch ich simulierte Interesse an Fertiggerichten und kam näher.

„Oh Gott!", hörte ich den Mann seufzen, als er langsam an der Frau vorüberging.

Sie schaute auf: „Wie bitte?"

„Entschuldigung", sagte er, „es geht mich ja nichts an, aber …"

„Was aber?", insistierte sie.

„Ich wundere mich nur, dass so etwas immer noch gekauft wird, obwohl … ach, egal."

Sie nahm die Packung aus dem Wagen: „Was soll schlecht daran sein? Und was gehen Sie überhaupt meine Einkäufe an?!"

„Nichts, nichts!", beteuerte der Mann und hob die Hände, als wolle er sich ergeben: „Ich hätte meine Meinung besser für mich behalten sollen. Tut mir leid, entschuldigen Sie!" Damit verschwand er schnell in der Getränkeabteilung. Die Frau schaute ihm nach, wog dann die Packung in ihrer Hand und legte sie langsam in die Truhe zurück.

Ich sah den Mann feixend aus seinem Versteck kommen und an die Kasse gehen. Ich ließ meinen Einkaufskorb stehen und folgte ihm nach draußen. Er ging einige Schritte, machte dann jäh einen Luftsprung und schlenderte weiter, als sei nichts geschehen. Ich holte ihn ein und stellte ihn: Ich hätte ihn beobachtet, wie er die Frau bei ihrem Einkauf belauert habe, sagte ich, und müsse zwar bewundern, wie geschickt er sie verwirrt habe, frage mich aber, ob er zu diesen Gesundheitsaposteln gehöre, die die Menschen mit ihren Heilsbotschaften terrorisierten?

„Ich mach's aus Spaß", lachte er und steckte mir die Hand entgegen: „Übrigens, ich heiß' Markus. Und du?"

„Henner", sagte ich überrumpelt.

„Gehen wir ein Käffchen trinken, Henner, ich hab' Zeit, bin gerade auf Hartz IV, weißt du. Da drüben beim Bio-Markt an der nächsten Ecke können wir uns einen Kaffee holen und ein paar Häppchen von der Kuchentheke dazu essen. Dann erzähle ich.

"Okay", sagte ich hilflos und folgte ihm, obwohl ich mir mein zweites Frühstück anders vorgestellt hatte. Er ließ mir am Kaffeeautomaten den Vortritt, ich nahm einen Cappuccino. „Kannst mir auch einen mitbringen", sagte er, wartete meine Zustimmung nicht ab, sondern pickte inzwischen Kuchenstückchen vom Probierteller. Wir setzten uns und er erzählte.

Seine Aktion im Supermarkt habe kein anderen Motiv als den reinen Spaß, erklärte er. Ursprünglich habe er Schauspieler werden wollen, leider hätten diese Idioten an den Schauspielschulen seine Begabung nicht erkannt. „Nun nutze ich diese Begabung eben für meine Vorstellungen im Supermarkt. Wenn ich die Menschen an der Nase herumführen kann, habe ich Macht über sie, und Macht macht Spaß. Leider applaudiert niemand – obwohl ich Talent habe, wie du zugeben musst."

Ich gab es zu. Zuhause wartete inzwischen meine Frau auf Butter, Milch und Brötchen, die ich hatte mitbringen sollen. Ich erhob mich. „Ich muss ..."

„Willst du es auch mal versuchen?" unterbrach er mich.

„Was?"

„Schauspielern. Hier im Bio-Markt haben wir ein ideales Publikum, Menschen mit kritischem Bewusstsein, nicht zu vergleichen mit denen in den simplen Discountern." Er zerrte mich vorwärts in die Gemüseabteilung. Er habe vor Jahren, erfuhr ich auf unserem gemeinsamen Weg, an der Kasse eines solchen Ladens gesessen, grässlich eintönig sei es gewesen. Da habe er eines Tages mit dem Spielen angefangen und Käufern einfach ein Produkt vom Band oder aus dem Einkaufskorb genommen; die sich dabei entwickelnden Dialoge seien köstlich gewesen: 'Das nehmen Sie besser nicht.' – 'Wieso?' – 'Das ist schädlich.'

– 'Aber das nehme ich immer!' – 'Ja, das sieht man Ihnen auch an!' – Und so weiter. Bis ihn eines Tages der Marktleiter erwischt habe; seitdem gebe er nur noch in besseren Supermärkten freiberuflich Privatvorstellungen auf Hartz IV-Basis.

Wir waren in der Gemüseabteilung angekommen. „Wir machen es als Duo, das ist noch wirksamer". Er schob mich an die Seite eines älteren Herren, der verschiedene Avocados auf ihren Reifegrad hin befingerte. Markus stieß mich an: „Fang an!"

„Nein!", wehrte ich ab, da drehte sich der ältere Herr sich zu mir um: „Doch. Einige sind weich genug, man muss sie nur befühlen, dann findet man die richtigen." Er legte eine Avocado in seinen Einkaufskorb.

„Seitdem man sie spritzt, werden sie schneller weich und halten auch noch länger. Toll, diese neue Technik aus China!," rief Markus neben mir, „ich nehme auch eine! Die gespritzten schmecken besonders gut."

„Aber erst, seit sie Glutamat dazu geben. Die Chinesen machen ja alles mit Geschmacksverstärker und das schmeckt man auch!", log ich und bemerkte, dass mir das Lügen Spaß machte.

Der ältere Herr sah uns an, sah die Avocado an und schüttelte den Kopf: „Aber es steht doch 'Bio' drauf!"

„Naja, was die Chinesen so Bio nennen", sagte ich.

„Aber diese Avocados kommen aus Israel, da

steht's geschrieben!", sagte er und sah mich an.

„Da werden sie auch angebaut, dann nach China geschickt, gut behandelt, ich meine gespritzt, verpackt und in die Welt geschickt. Ich sage nur 'Globalisier-ng'!" Woher ich mir das so spontan zusammenreimte, war mir selbst ein Rätsel, es sprudelte einfach aus mir heraus.

Der Herr schien den Glauben an den Bio-Markt und die angrenzende heile Welt verloren zu haben. Er legte die Avocado in den Korb zurück. und ging. Wir klatschten uns ab; zwei Stürmer nach Vorlage und Tor. „Das sollten wir öfter machen. Toll, wie wir uns die Bälle zugespielt haben", meinte Markus.

„Und es hat Spaß gemacht," dachte ich. Eigentlich müsste ich mich dafür schämen, aber ich schämte mich nicht.

„Du glaubst gar nicht, was die Leute alles glauben, wenn man es nur oft und eindringlich genug erzählt", strahlte Markus. „Nicht die Wahrheit zählt sondern nur der Effekt, manche Politiker tun im Grunde nichts Anderes als wir – sie verscheißern die Leute! Vielleicht sollten wir mit unseren Fähigkeiten irgendwann auch in die Politik gehen ..."

„Ich sag ihnen, wohin Sie gehen – raus aus diesem Laden und zwar sofort und lassen sich hier nie mehr blicken!", schimpfte eine Angestellte in unserem Rücken. Ihr zur Seite stand der ältere Herr mit seinem Einkaufskorb und sah unglücklich aus. „Was haben

Sie ihm für einen Unsinn erzählt! Eigentlich müsste ich Sie dafür anzeigen!"

"War nur ein Spaß", versuchte ich sie zu besänftigen und war schon aus der Tür. Das sei kein Spaß, schrie sie mir nach und wies auf den älteren Herrn: „Und Kunden wie er glauben es auch noch und beschweren sich dann bei mir."

Der Herr sah Markus an wie den Messias, von dem er Erleuchtung erhoffte. „Globalisierung", flüsterte Markus, blinzelte dem Herrn verschwörerisch zu und machte sich davon. Von weiteren gemeinsamen Aktionen sahen wir fürs Erste ab. Ich erledigte meine vergessenen Einkäufe, schlich nach Hause und versuchte meiner Frau die Verspätung zu erklären, indem ich von Markus erzählte. Ich kam allerdings nicht weit.

„Lass mich in Ruhe mit deinen Fantasiegeschichten", schmollte sie. „Ich will nichts von diesem Unsinn hören!" Vorsichtig versuchte ich, das Gespräch erneut in Gang zu bringen: Ich hätte gehört, man habe im Bio-Markt angeblich gespritzte Avocados aus China gefunden, begann ich.

„Was??", rief sie, „das ist ja unglaublich! Nun erzähl schon!"

Nachbarschaftshilfe

Anabell war auf dem Weg zu ihrer Freundin Lilli. Sie schritt rüstig aus, zog sich den Mantel enger um die Schultern, vergrub die Hände in den Manteltaschen und fand darin die kleine Sprühdose mit Tränengas und musste über ihre Freundin lächeln. Diese Lilli! Normalerweise war sie forsch und ließ sich nicht so leicht einschüttern. Sie arbeitete mit ihren achtzig Jahren immer noch als Immobilienmaklerin. Aber als eines Tages ein frustrierter Kunde, dem sie eine Wohnung hatte verweigern müssen, sie bedrohte - das werde sie noch büßen, er wisse ja, wo er sie finden werde! - hatte sie sich an die Polizei gewandt, wo man sie nur vertröstete: Es werde schon nichts passieren, Hunde, die bellten, bissen nicht. Daraufhin hatte sie sich eine kleine Dose mit Tränengas gekauft. Gemeinsam mit Anabell war sie in den Stadtpark gegangen, die beiden hatten beim Spazierengehen heimlich eine kleine Prise versprüht und die Wirkung an den entfernt hinter ihnen Gehenden erlebt: wie die schnieften und sich verwundert die Augen rieben.

Lilli wohnte zur Miete im Obergeschoss einer Jugendstil-Villa mit gepflegtem Garten. Hohe Buchsbaum- und Glanzmispelbüsche säumten den Weg vom Gartentor zu den Stufen, die zur schweren Haustür emporführten. Dieses letzte Wegstück hatte ihr Sorgen gemacht: was, wenn der Mann ihr dort auflauerte? Mit dem Tränengas in der Tasche, fühlte sie sich sicher: Falls jemand im Dunkeln zwischen den Büschen auftauchte, würde er die volle Dosis abbekommen, und die sollte reichen, um ihn außer Gefecht zu setzen.

Es war ein nasskalter, fieser Januar-Vormittag; Anabell stemmte sich mit aller Energie gegen die miese Stimmung, die dieser graue Tag verbreitete, und beschleunigte ihre Schritte. Lilli saß jetzt bei Freunden in deren Finca auf Mallorca; ob das Wetter dort freundlicher war? Anabell musste unwillkürlich an den verfrorenen Chopin denken, der dort mit George Sand einen schrecklichen Winter in der Kartause von Valldemossa verbracht hatte. Arme Lilli! Kälte und Nässe hätte sie zu Hause auch billiger haben können. Sie musste kichern. Das Pikkolöchen, das sie zum Frühstück getrunken, hatte ihre Laune merklich verbessert." Denk an Chopin!", hatte Anabell gewarnt und versucht, Lilli von der Reise abzuhalten.

„Der hat im Kloster gewohnt und nicht wie wir in einer Finca."

„Und wenn nun die Freunde krank werden sollten, die du besuchen willst? Kränklich waren die schon immer! Dann ist nichts mit Finca!"

„Dann miete ich mir ein Zimmer in meinem Lieblingshotel in La Palma. Ich fliege auf jeden Fall! Eine

Woche Ruhe. Völliges Abschalten. Nur für mich da sein, verstehst du das?" - Anabell hatte es nicht verstehen wollen, aber versprochen, die Woche über nach Lillis Wohnung zu schauen. - „Das nächste Mal fliegen wir zusammen," hatte Lilli ihre Freundin getröstet und ihr den Tränengassprayer in die Hand gedrückt: „Hab' vergessen, dass ich ihn morgen im Flugzeug nicht mitnehmen darf. Auf Mallorca brauche ich ihn sowieso nicht. Nimm du ihn solange. Man kann nie wissen, was alles zwischen den Büschen vor dem Haus passieren kann!"

Was denn passieren solle, hatte sich Anabell mokiert und die kleine Dose eingesteckt: „du sagst doch immer, dass Männer um Frauen in den Achtzigern einen Bogen machen! Also was soll's."

Immerhin, jetzt trug sie die Sprühdose in der Manteltasche und fühlte sich mutig und fröhlich. Fast ein wenig draufgängerisch. Sie bog in die kleine Nebenstraße ein und stand nach wenigen Metern vor der Lillis Zuhause. Die Gartentür stand offen. Anabell schüttelte den Kopf: Dass die Leute nicht wissen was sich gehört! Sie trat ein, schloss die Tür. Dann sah sie das dicke Seil, das auf den Stufen lag, wie achtlos hingeworfen. Mit ihren Stiefletten schob sie es zur Seite. Wahrscheinlich Bauarbeiter, die sich nicht die Mühe machen aufzuräumen. Schrecklich! Sie fingerte die Schlüssel aus der Tasche, holte Zeitung und Post aus dem Briefkasten, schloss die Haustür auf und trat in das schwarzgetäfelte hohe Treppenhaus. Nur eben einen kurzen Blick in Lillis Wohnung werfen, Post ablegen, Blumengießen und dann zurück nach Hause und ein heißes Bad nehmen. Oder besser noch: sich ins Bett kuscheln mit einem weiteren Pikkolöchen, dazu Datteln im Schokoladenmantel und ihr Lieblingsbuch. Oder den Fernseher ans Bett schieben und 'Rote Rosen' anschauen. Herrliche Aussichten! Beschwingt stieg Anabell die breiten, mit rotem Teppich ausgelegten Stufen hinauf.

Auf dem ersten Absatz ein kurzer Stop zum Atemholen. Wie schmutzig die Stufen waren! Als sei jemand mit dreckigen Schuhen durchs Treppenhaus gelaufen. Sie musste kurz die Augen schließen, ein kleiner Schwindel hatte sie erfasst, sie war zu schnell gewesen. In der Dunkelheit, die sie für einen Augenblick umgab, meinte sie Geräusche zu hören. Stimmen? Vielleicht Handwerker irgendwo im Haus? Normalerweise war tagsüber außer Lilli, die einen Großteil ihrer Arbeit von Zuhause aus erledigte, niemand hier. Heute war Montag und Lilli war erst am Sonntagvormittag abgeflogen …

Ihr wurde plötzlich bewusst, dass sie sich allein in diesem großen dunklen Treppenhaus befand! Ein unangenehmer Gedanke war das – so allein in dieser riesigen Villa. Instinktiv tastete sie nach der Tänengas-Dose und stieg die letzten Stufen hinauf.Sie stand vor Lillis Wohnung, steckte den Schlüssel ins

111

Schloss. Wie schnell man sich doch von solchen idiotischen Gefühlen beeinflussen lässt, sagte sie sich, öffnete die Wohnungstür und betrat den kleinen, dunklen Vorraum.

Durch die angelehnte Tür, die zu den angrenzenden Zimmern führte, fiel ein schmaler Streifen graues Tageslicht. Seltsam, sagte sich Anabell, Lilli lässt nie Türen offen, wenn sie verreist. Sie legte Zeitung und Post auf die Spiegelablage und stutzte. Sie hörte Stimmen. Halblaute Männerstimmen. Das Herz drohte ihr stehen zu bleiben. Konnten das Handwerker sein, die Lilli bestellt und von denen sie ihr nichts gesagt hatte? Oder waren es Einbrecher?

Anabell stand reglos und lauschte. Die Stimmen schienen aus dem Schlafzimmer zu kommen. Natürlich! Dort bewahrte Lilli ihren Schmuck auf, ihr Bargeld, ihre Fotos. Plötzlich war ihr alles klar, ein Bild fügte sich zum anderen: die offene Gartentür, das Seil, um in den ersten Stock zu steigen, die Tritte im Treppenhaus - wahrscheinlich hatten die Männer auch schon andere Wohnungen ausgeraubt! Und jetzt Lillis! Wildfremde Menschen, die in ihren intimsten Dingen herumwühlten?!

Statt wegzulaufen blieb sie stehen. Ein Gefühl hielt sie zurück, das ihre Angst zu übertönen begann, ein Gefühl der Empörung, das sie kürzer atmen ließ und mit einer unerhörten Wut erfüllte, einer Wut, wie sie sie in ihren achtzig Jahre noch nicht gekannt hatte:

Was bildeten sich diese elenden Kerle ein! Wühlten in Lillis Bett, ihrer Wäsche, ihren Fotos, ihrem Schmuck! Nein, das durfte, das konnte sie nicht zulassen! Sie hielt die Sprühdose umklammert, als wolle sie sie zerdrücken und zog sie aus der Tasche. Sie wusste was zu tun war: die Sicherung des Sprühverschlusses herausziehen, sonst funktioniert der Sprüher nicht. Ihr war, als nähme sie jemand bei der Hand und führte sie durch die Tür in den schmalen Gang zwischen Wohnzimmer und Küche. Und weiter vor die Schlafzimmertür, die auch nur etwas angelehnt war. Deutlich hörte sie jetzt die Männerstimmen, zwei oder drei. Sie verstand nicht, was sie sagten, hörte aber um so deutlicher ihre innere Stimme: „Jetzt ruhig bleiben", sagte die, „kühlen Kopf bewahren, auch wenn es sich im Kopf zu drehen beginnt! Zeig's ihnen, heldenhaftes Mädchen! Jetzt nicht ohnmächtig werden! Den Arm mit der Sprühdose schnell durch die Tür ins Zimmer strecken, und abdrücken. Sprühen! Sprühen! Sprühen! Und Schreien! Laut! Hell! Schrill! So lange es sprüht – schreien! Dann Dose fallen lassen! Weglaufen, bevor sie dich einholen können!"

Beim Weglaufen hörte sie einen zweiten Schrei! Hell! Laut! Durchdringend wie den ihren. Woher kam der? Egal. Sie wollte die Treppe hinunter, schaffte es nur bis zur Wohnungstür. Sie war am Ende ihrer Kraft. Hinter ihr Schritte: „Sie haben mich!", dachte sie in

Todesangst. Sie konnte nicht mehr schreien. Aber es schrie weiter! Wer schrie da so markerschütternd! Und keuchte! Und schrie?!

Der erste kam aus der Tür gestürzt, streckte die Hände nach ihr aus! Ein Mensch im Schlafanzug, der heulend und keuchend im Türrahmen stehen blieb. Kein Mann. Eine Frau! Eine Frau, die sie kannte.

„Lilli! - Du??!!"

Die beiden Freundinnen blinzelten einander aus tränenden Augen an, als sähen sie Gespenster. Dann fielLilli über Anabell her, packte sie, schüttelte sie, schrie sie an: „Du! Du! Du! Was fällt dir ein!"

Anabell schrie zurück: „Du! Du?? Wieso bist du hier?!" Sie schlugen mit Fäusten aufeinander ein. Das Geschrei hallte durchs leere Treppenhaus. Erst als beide atemlos zu Boden sanken, verhallte es.

Es brauchte einige Zeit, bis sie wieder auf den Beinen waren und in der Lage, die Fenster zu öffnen. Sie saßen schließlich in Mänteln im Wohnzimmer, die Augen verheult, immer noch keuchend vor Atemlosigkeit. Sie tranken Schnaps aus der Flasche. Sie konnten sich kaum beruhigen. Dazwischen Dialogfetzen:"

„Ich bin fast gestorben vor Angst!"

„Ich auch, ich auch!"

„Warum hast du nicht geklingelt?!"

"Weil du nicht da warst!"

„War ich aber! Bin nicht gefahren. Freunde krank. Hab kein Zimmer in meinem Hotel bekommen. Hab den Flug storniert und bin zuhause geblieben..."

"Warum hast du nicht angerufen?"

„Wollte ich heute nachmittag tun. Hab's mir im Bett gemütlich gemacht ..." - Ein erneuter Heulkrampf. -

„Und die Männer?"

„Welche Männer?"

"In deinem Schlafzimmer!"

„Da war niemand. Ich hab nur ferngesehen!"

Als nichts mehr zu sagen war außer 'Tut mir so leid', lagen sie sich zitternd in den Armen.

„In Zukunft klingele ich immer, egal vor welcher Tür ich stehe", versprach sich Anabell, als sie schließlich nach Hause ging.

Ende der Sitzung

Von der letzten Reihe aus war der Weg zum Rednerpult länger als zur Tür ins Foyer und zu den Toiletten. Ich saß taktisch äußerst günstig. Niemand konnte mir über die Schulter sehen, wenn ich auf meinem Smartphone Sudokus löste. Für viele war ich gar nicht da, obwohl ich da war. Wenn ich nicht da war, fiel es kaum auf. Ich hielt mich zurück. Meistens. Manchmal jedoch ließ ich mich zu Zwischenrufen hinreißen. Ein knackiges „Lüge" oder ein gut gestütztes ironisches „Hahaha!" verschaffte mir Aufmerksamkeit von den vorderen Plätzen. Als ehemaliger Schauspieler wusste ich meine Stimme einzusetzen, wenn es darauf ankam. Meine Theaterlaufbahn lag schon Ewigkeiten zurück; der große Durchbruch war mir auf der Bühne nicht gelungen. Aber auf dem langen Weg durch Hinterzimmer und Regionalkonferenzen meiner Partei bis in den Bundestag war mir eine gewisse Theatererfahrung hilfreich gewesen: Ein guter Auftritt sei die halbe Miete und ein beredtes Schweigen könne die Spannung enorm steigern, wusste ich. Ich konnte wie auf Knopfdruck lächeln oder betroffen wirken, konnte Blumen in Fußgängerzonen verteilen, ohne zu zeigen, wie mühsam ich das fand. Ich konnte in Diskussionen überzeugend überzeugt wirken und bei Sprüchen wie „Wir werden es schaffen, das Ruder herumzureißen" Begeisterung auslösen. Meine Partei hatte das Ruder nicht herumgerissen, mich aber als Abgeordneten in den Bundestag geschickt. Da saß ich nun als einer der sprichwörtlichen Hinterbänkler, machte meine Arbeit und vertrat das Volk, genauer, meine Wähler aus diesem Volk. Heute, am letzten Tag vor der Sommerpause, sollte sich erweisen, wie wichtig Hinterbänkler sind. Nur ein Tagungspunkt stand heute noch an: Die Abstimmung über den Antrag, den grauen Kreuzflügelwinzler in den Kanon der bedrohten Arten aufzunehmen. Damit wäre der Parlamentskalender bis zur Sommerpause abgearbeitet.

Ein großer Teil der Abgeordneten schien kein Interesse am grauen Kreuzflügelwinzler zu haben – das Plenum war nur halb gefüllt. Die Stellvertreterin des Bundestagspräsidenten wies darauf hin, dass beim nun folgenden Prozedere jeder Abgeordnete auf ihre Aufforderung hin den Sitzungssaal verlassen und auf ein Glockensignal hin den Saal durch eine der drei mit „Ja", „Nein" oder „Enthaltung" gekennzeichneten Türen wieder betreten müsse. Bei unklaren Mehrheitsverhältnissen wie vor dieser Abstimmung werden die Stimmen im sogenannten Hammelsprung gezählt.

Durch meinen Wahlkreis sollte damals eine Stromtrasse gelegt werden; in der allgemeinen Aufgeregtheit darüber machte ein kleines Insekt von sich reden, das just da lebt, wo eventuell gebaut werden sollte, und das, würde gebaut werden, vom Aussterben bedroht wäre. Der graue Kreuzflügelwinzler musste sich auf Lobbyisten wie mich verlassen können, wollte er weiterexistieren und als Schmetterling dahin taumeln können. Scheiterte die Abstimmung, würde das kleine Insekt völlig ungeschützt einer ungewissen Zukunft entgegen krabbeln.

Während die Präsidentin uns nochmal darauf hinwies, wie wichtig es sei, nach ihrem erneuten Klingelzeichen wieder vollständig zu erscheinen - wenn weniger als die Hälfte der Abgeordneten abstimme, müsse sie die Sitzung mangels Beschlussfähigkeit beenden – spürte ich ein ungutes Rumoren im unteren Bauchbereich. Angesichts der anstehenden Sommerpause hatte ich mich mit Kollegen gestern Abend etwas zu ausschweifend auf den kommenden Urlaub gefreut. Kaum ertönte das Signal, rannte ich los.

Türen und Türschlösser können mich zur Verzweiflung bringen, immer schon. Begonnen hatte es in meiner Anfängerzeit am Theater, bei einer kleinen Landesbühne: Ich liege als Liebhaber in einer Boulevardklamotte mit einer Ehefrau im Bett, da naht der Bühnen-Ehemann. Wohin fliehen? Laut Textbuch in den Schrank! Ich hechte wie verabredet hin, reiße an der Tür, sie geht nicht auf. Klemmt wahrscheinlich, was bei Abstechern öfter mal vorkommen kann. Ich reiße erneut und heftiger; es gibt keinen Ausweg, ich muss da rein in diesen verdammten Schrank, wenn die Vorstellung wie geplant weiterlaufen soll. Ich reiße mit aller Kraft – und halte die Schranktür in der Hand. Da öffnet sich die Zimmertür, der Ehemann tritt ein, sieht mich, der ich eigentlich unsichtbar im Schrank warten sollte, mit der Tür in der Hand davor. Der Schauspiel-Kollege starrt mich an: „Was soll das?", fragt er entgeistert. - „Die muss zur Tischlerei", sage ich und marschiere in Unterhosen mit der Tür unterm Arm zur Tür hinaus. Gelächter im Publikum, bevor der Vorhang fiel, weil die Handlung nicht weiter lief.

Das Kapitel Theater war schon seit Jahrzehnten abgeschlossen, das Problem mit den Türen nicht: Wir saßen vor Jahren im Urlaub in einem Café in der Toscana, ich musste mal austreten. Die Toiletten befanden sich unten im Keller. Wunderschön. Alte Mauern, Räume wie Verliese, hohe Türen von der Decke bis hinunter auf den Steinfußboden. 'Wenn die Tür mal klemmt, kommst du hier nie heraus', dachte ich, während ich so dasaß und spielerisch am Türknopf drehte. Nichts. Da packte mich Panik. Ich drehte nach rechts, nach links, riss an der Tür, klopfte, drückte. Nichts. Alles massiv und wie für die Ewigkeit gemacht. Das bedeutete Warten bis zum Sankt Nimmerleinstag. Eingeschlossen in dieser Scheiß-Toilette. Ich bollerte in Panik gegen die Tür: „Hallo! Aufmachen!" Keine Reaktion. Ich sank schließlich auf dem Sitz zusammen: Warten, bis ein Putzmensch oder ein Gast kommen würde, den ich um Hilfe bitten könnte.Schließlich ergab ich mich in mein Schicksal und fummelte nur noch abwesend am Drehgriff – und die Tür öffnete sich. Meine Frau saß oben, trank inzwischen ihren zweiten Cappuccino und schüttelte nur den Kopf, als sie mich endlich kommen sah.

Diese klaustrophobische Erfahrung hatte Konsequenzen. Ich vermeide seitdem Sitzungen auf fremden Toiletten. Oder, wenn es denn sein muss, schließe ich nicht hinter mir ab. Das hat mir schon einige unfreiwillige Besucher bei dieser eher intimen Angelegenheit beschert. Die fahren bei meinem Anblick erschreckt zurück und entschuldigen sich, als hätten sie die Tür aufgebrochen. Trotzdem, schön ist es nicht.

Neulich war ich zu einer großen Geburtstagsfeier eingeladen; das schwedische Holzhaus unserer Freunde barst fast voller Gäste. Und irgendwann am Abend war es wieder so weit: Ich musste einen Abstecher in die Porzellanabteilung machen. Diesmal schloss ich ab, wollte dort auf keinen Fall von Freunden oder Bekannten überrascht werden. Schickte ein Stoßgebet zum Himmel, ehe ich schließlich am Türknauf drehte. Ein schwedisches Modell. Als ich gehen wollte, drehte ich nach rechts – nichts. Mein Gott, nicht wieder dieses Theater! Etliche weitere panische Versuche, die Tür blieb zu. Ich hätte um Hilfe rufen rufen können, das Haus ist hellhörig genug, aber das verbot die Ehre. Ich drückte vorsichtig das Schiebefenster nach oben, räumte das Fensterbrett frei, zwängte mich durch die untere Fensterhälfte ins Freie, schob wie ein Dieb das Fenster wieder zu und mogelte mich unverfänglich durch den Haupteingang wieder unter die Gäste. Aus sicherer Entfernung sah ich die lange Schlange vor der Toilette und verspürte das dringende Bedürfnis, mich baldmöglichst zu verabschieden.

Durch die milchgraue, panzerglasfeste Tür der Bundestags-Toilette hörte ich das Glockenzeichen, das zur Abstimmung rief. Drei Minuten noch! Mein Blick blieb auf dem modernen, silberfarbenen Drehgriff hängen. Hatte ich unbedacht beim Hereinstürmen die Tür verschlossen?! Da war es wieder, dieses unsägliche Angstgefühl: Ich bin allein. Eingeschlossen. Komme nie wieder hier heraus. „Unsinn", schrie ich dagegen an, "Ruhe bewahren!" Einmal nach links drehen und ich bin frei! - Oder nach rechts? Mein Herz hämmerte. Ich stieß gegen die Tür. Sie bewegte sich nicht. Stieß noch mal, drückte, klopfte! Nichts bewegte sich. „Die Abstimmung beginnt", tönte es aus dem Lautsprecher. Oh verdammt. Hatte ich überhaupt schon am Knopf gedreht? Ich drehte verzweifelt, rechts-links!, drückte die Tür nach außen. Nichts. Sank, die Hand am Griff, auf den Sitz zurück – und zog dabei die Tür auf. Sie öffnete sich nach innen!

Mein Gott, das sollte man nun wissen! Ich stürmte ins Plenum. Zu spät. Die Abstimmung war beendet. Für die erforderliche Zahl der Stimmberechtigten fehlte ein Abgeordneter. Ich. Laut Geschäftsordnung musste die Sitzung wegen Beschlussunfähigkeit geschlossen und die Abstimmung auf einen Termin nach der Sommerpause verschoben werden.

Ich verließ mit einem flauen Gefühl im Magen den Bundestag und fuhr mit einem Schuldgefühl gegenüber dem grauen Kreuzflügelwinzler in den verdienten Urlaub.

Sicher ist sicher

Dass Kleinkinder zwischen dem ersten und dem zweiten Lebensjahr zu fremdeln beginnen, weil sie Menschen plötzlich als Fremde wahrnehmen, weiß ich aus eigener Erfahrung: Manchmal schreckt solch ein süßer Fratz auf dem Arm seiner Mutter, mit der ich via Kind kokettieren will, schreiend vor mir zurück, als habe es mich durchschaut. Das erschüttert mich jedesmal: da hilft kein Lächeln oder Fratzenschneiden – ich bin abgelehnt. Natürlich weiß ich, dass das Kindchen fremdelt und erst allmählich lernen muss, dass es außer Papa und Mama auch noch andere Menschen gibt, die, wie ich, relativ harmlos sind, und dass sich diese Phasen des Fremdelns schon bald verlieren werden. Allerdings gibt es Ausnahmen. Heinrich, zum Beispiel, fremdelt noch immer. Er ist jetzt siebenundsechzig.

Er ist in der ehemaligen DDR aufgewachsen, das erklärt sein Misstrauen unbekannten Menschen gegenüber. Die lauern überall. Wenn ich am Stammtisch in fröhlicher Unbekümmertheit meine Meinung sage, zuckt er zusammen, als wären die Stasi-Leute nicht schon längst Hartz IV-Empfänger, und hebt beschwörend die Hände: 'Leise, leise, Feind hört mit! Der Feind sitzt am Nebentisch, mampft konzentriert die Kanzlerplatte - Currywurst und Fritten - und wird erst durch Heinrichs Gestikulieren auf uns aufmerksam. Im September reagierten sogar die Wespen gereizt auf seine Körpersprache. Je mehr er beim Grillen zappelte, desto freudiger kamen sie und brachten ihre Verwandtschaft mit. So kann eine abwehrende Geste leicht als Einladung missverstanden werden. Und dann muss man zusehen, wie man mit den ungebetenen Gästen fertig wird. Heinrich hat damit seine Schwierigkeiten.

„Das wird die Hölle am Bahnhof", flüstert er, „München ist voll von Flüchtlingen." Wir sitzen im Intercity und wollen ein gemeinsames Wochenende in der Bayrischen Hauptstadt verleben und das Deutsche Museum besuchen. „Die wenigsten von ihnen gehen ins Museum", versucht ihn seine Frau zu beruhigen, „du brauchst keine Angst zu haben!"

Heinrich schlägt mit den Flügeln, als wolle er fliegen lernen: Natürlich habe er keine Angst, aber man solle sich vorsehen. Mehr sage er dazu nicht.

Natürlich hat er Angst. Angst, dass das Taxi unpünktlich kommt, dass der Zug Verspätung hat, dass die Plätze nicht richtig reserviert sind und dass wir uns am Bahnhof durch Massen von Asylbewerbern kämpfen müssen, um zum Hotel zu kommen. Am Ostbahnhof, wo wir pünktlich aussteigen, kaum Flüchtlinge. „Siehst du!", sagt seine Frau. „Komm du mal zum Hauptbahnhof!", entgegnet Heinrich und seine Stimme schraubt sich wie eine Lerche in die

Höhe, „dann erlebst du dein blaues Wunder!" Sie wolle gar nicht zum Hauptbahnhof, das Hotel sei ganz in der Nähe des Ostbahnhofs, wenn man das blaue Wunder hätte erleben wollen, hätte man zum Oktoberfest kommen müssen, aber das sei ja nun Gott sei Dank vorbei, sagt sie und ergreift den Koffer. Er seufzt, schüttelt den Kopf, hebt die Hände, als hätte er etwas zu sagen, das er sich nun verkneife, und nimmt ihr den Koffer aus der Hand. Wir gehen los. Wir wollen nur kurz im Hotel einchecken und dann das Museum besuchen.

Meine Frau und ich warten in der Hotelhalle auf Heinrich und Co. Verblichener Glanz an den Wänden, abgewetzte gelbe Ledersessel auf rotem Teppichboden, aber die Übernachtung ist günstig, das gab den Ausschlag. Statt der flotten, blondierten Empfangsdame, die uns die Schlüssel aushändigte, nimmt nun ein älterer Herr an der Rezeption unseren Schlüssel in Empfang und hängt ihn an das Schlüsselbrett hinter sich. Er sieht müde aus, als hätte er schon eine Nachtschicht hinter sich.

Von der Treppe hören wir Heinrich kommen, er diskutiert mit seiner Frau. Wozu er einen Rucksack mitnehmen müsse, will sie wissen, sie wolle keine Klettertour in die Alpen sondern nur einen Museumsbesuch machen. - Und Schirm, Taschenlampe, Wasserflasche? Und wer wisse schließlich, was sie im Museumsshop alles kaufen werde, er kenne sie besser als sie sich selbst und damit gut. Sie sind in der Halle angelangt, Heinrich reicht den Schlüssel dem Rezeptionisten, der ihn mit einem müden Lächeln hinter sich ans Brett hängt. „Schönen Tag noch", wünscht er uns.

Heinrich zuckt zusammen, verlangt den Schlüssel zurück. Bevor seine Frau 'Warum?' fragen kann, zieht er sie vor die Tür auf die Straße, wir folgen den beiden, er steckt den Schlüssel in die Hosentasche. Der Schlüssel hat ein langes Metallschild mit einem dicken Knauf, der die Tasche ausbeult. „Warum schleppst du ihn mit?", fragt seine Frau. Der Portier erscheint in der Hoteltür, er scheint die selbe Frage zu haben. „Gehen wir", zischt Heinrich wie Dagobert Duck und zieht los, wir folgen mühsam wie Tick, Trick und Track, bis wir außer Sichtweite des Hotels sind.

„Was war denn los?"

„Habt ihr den Bosnier gesehen?"

„Welchen Bosnier?"

„Den an der Rezeption. Zumindest sah er so aus. Er hat unseren Schlüssel an den falschen Haken gehängt, zweiundzwanzig auf zweiunddreißig. Wenn der Gast von zweiunddreißig seinen Schlüssel verlangt hätte, hätte er unseren Schlüssel bekommen und wäre stracks in unser Zimmer marschiert. Ich weiß, wem ich traue und wem nicht." Er klopft auf die Hosentasche: „Sicher ist sicher." Heinrich fremdelt. Auch wenn wir beteuern, der angebliche Bosnier sei wahrscheinlich ein Bayer und habe auch so gesprochen - es nützt nichts. Außerdem könne man auch bei Bayern nicht vor Überraschungen sicher sein, speziell bei denen von der CSU, werfe ich ein und ertappe mich dabei, möglicherweise auch zu fremdeln.

Wir stehen an der Straße wie ein Häufchen ratloser Flüchtlinge und wissen nicht wohin. Ein hilfsbereiter Mensch weist uns den Weg ins Museum. Dort nimmt Heinrich ein Schließfach, packt seine Utensilien hinein, schließt ab, steckt den Schlüssel sorgfältig ein. Und jetzt los! Warum nur so viele Leute genau das sehen wollen, was wir sehen wollen? Unbegreiflich! Nach drei Stunden sind wir museumssatt und matt. Noch ein Abstecher in den Museumsshop; Heinrich zahlt und trägt, was seine Frau einkauft, der Rucksack erweist sich dabei als praktisch. Endlich ziehen wir weiter, jetzt sind Kaffee und Kuchen angesagt.

Wir finden und genießen beides ohne irgendwelche Komplikationen, es ist ein schöner Spätnachmittag. Wir zahlen und bummeln Richtung Hotel, wollen uns etwas frisch machen, bevor wir uns ein Restaurant fürs Abendessen suchen. Wie schön München ist!

„Ach Gott!"

Heinrich ist stehen geblieben, er klopft seinen Mantel ab, fährt hektisch in seine Hosentaschen.

„Ach Gott!!"

Er reißt sich den Rucksack von der Schulter, verteilt den Inhalt an uns Umstehende.

„Ach Gott!!!"

Die Beschwörungen nützen nichts, der Zimmerschlüssel ist weg. Er zieht den Mantel aus, revidiert sämtliche Taschen, auch die Handtasche seiner Frau. Die wehrt sich: „Wie soll er da hinein gekommen sein, du hast ihn eingesteckt!"

Der Bosnier sei schuld, hätte der nicht so seltsam geschaut, wäre der Schlüssel im Hotel geblieben, zetert Heinrich. Auf der Straße bleiben Menschen stehen und schauen dem seltsamen Schauspiel zu. Ob sie helfen könnten? Uns ist nicht zu helfen. Wir eilen zurück ins Café. Da, wo wir saßen, sitzen jetzt andere; Heinrich schleicht um sie herum, sucht auf dem Fußboden. Nichts. Auch die Bedienung weiß von keinem gefundenen Schlüssel.

Weiter im Eilschritt ins Museum; mit jedem Schritt sinkt die Hoffnung, den verdammten Schlüssel noch aufzutreiben. An der Kasse ist nichts abgegeben und auch im Shop kein Schlüssel gefunden worden. Dann kann er nur beim Gang durch die Ausstellung aus der Hosentasche gefallen sein. Heinrichs Bitte um einen Gratis-Schnelldurchlauf durch die Ausstellung, um dort nachzusehen, scheitert an den deutschen Vorschriften: „Erst neue Eintrittskarte kaufen, dann durch Ausstellung nur gehen und nicht laufen und außerdem erst morgen, heute zu spät." Der Mensch am

Einlass redet mit uns wie mit Ausländern. Wir suchen vor und in den Schließfächern. Heinrich winkt ab, da könne er unmöglich liegen: als er Rucksack und Mantel ins Fach gepackt habe, habe er noch deutlich den dicken Schlüssel in der Hosentasche gespürt, da sei er sich völlig sicher. Und nun?

Außer uns wartet nur noch eine Familie in der Nähe - Mann, Frau und halbwüchsiger Sohn. Sie sind elegant gekleidet, sehen unschlüssig zu uns herüber und sprechen miteinander.

„Arabisch", flüstert Heinrich, fasst automatisch seinen Rucksack fester und strebt zum Ausgang, „jetzt palavern die auch schon im Museum!"

Der Mann wendet sich an mich, entschuldigt sich für sein gebrochenes Deutsch und sagt: Wir hätten in sein Schließfach geschaut; ob wir dort etwas gesucht hätten?

"No na, geputzt wer' mer's haben", höre ich Heinrich von ferne zischeln.

Als sie ihr Fach geräumt hätten, hätten sie dabei diesen Schlüssel darin gefunden, sagt der Herr und zieht dazu den Zimmerschlüssel aus der Anzugtasche und reicht ihn mir.

„Ich bin hundertprozentig sicher, ihn im Museum nicht aus der Tasche genommen zu haben", sagt Heinrich kopfschüttelnd später beim gemeinsamen Essen, „ich muss den Schlüssel unbewusst ins Fach gelegt haben, weil er mich gestört hat."

„Und hast ihn liegen lassen, als wir gegangen sind," kontert seine Frau, „mit etwas Vertrauen in unseren Portier hättest du uns die Aufregung ersparen können."

„Aber ... Heinrich atmet tief ein und heftig aus und sagt nichts weiter.

Babylon

Alle Welt bemüht sich um Verständigung. Das ist ebenso schön wie schwierig. Nehmen wir das Ehepaar Elfriede und Ludwig vor dem Fernseher, ein Krimi läuft mit hoher Lautstärke.

„Was hat er gesagt?", fragt sie, ohne den Blick vom Schirm zu wenden, und zeigt auf einen Akteur.

„Was hast du gesagt?", ruft er zurück. Die beiden sehen sich nicht an, sie schauen fern.

Jetzt unterbricht sie ihr Fernsehen, sieht ihren Mann an, der ihren Blick bemerkt: „Hast du verstanden, was er gesagt hat?", schreit sie.

„Wer?"

„Na, der ..." Ihr Finger zeigt noch immer auf das Fernsehbild, aus dem 'er' inzwischen verschwunden ist.

„Nö", sagt Ludwig.

„Du verstehst auch gar nichts", seufzt sie.

Szenen einer Ehe. Das Bemühen um Verständigung ist ja rührend, wenn auch nur selten von Erfolg gekrönt. Vor dem Fernseher mag man sich noch mit technischen Problemen herausreden und der Tatsache, dass man sich nicht anschaut, während man miteinander redet. Ernster ist die Sache, wenn es so aussieht, als sähe man sich an und hörte einander zu – und ist in Gedanken entweder schon voraus oder noch zurück oder überhaupt ganz woanders. Selbst wenn man in solcher Situation Ohren wie ein Luchs hätte, hörte man wohl reden, verstände aber herzlich wenig. Dazu kommt die Tatsache, dass bei vielen Paaren nach der Silberhochzeit Gehör und Libido ohnehin rapide abnehmen, zumindest die Lust, dem ehelichen Gegenüber zuzuhören. Zuhören ist anstrengend wie Arbeit, und man ist in Rente. Manche Männer beziehen diesen Zustand auch auf ihre eheliche Kommunikation. Außerdem beschränken sich die Dialoge unseres Ehepaares ohnehin nur auf wenige Worte; Tonfall und Geste sagen den Rest.

„Willst du nicht mal ...", fragt sie zum Beispiel.

„Schon gut", bricht er das Gespräch ab und setzt sich in Bewegung. Später stellt sich heraus, dass auch die non-verbale Kommunikation nicht frei von Missverständnissen ist: Einkaufen gehen, meinte sie; mal in der Kneipe vorbeischauen, um deinen Freund Klaus zu treffen, verstand er. Ludwig ist siebenundsiebzig und die Kneipe liegt um die Ecke. Dort im Hinterzimmer singt er montags in einem Shanty--Chor, sein Freund singt mit, beide im Tenor. Heute ist Mittwoch.

Als Ludwig das Lokal betritt, steht Klaus an der Theke. Die Kneipe ist dessen zweites Zuhause: Montags singen, dienstags kegeln, mittwochs mal kurz vorbei schauen, donnerstags Stammtisch, freitags Doppelkopf, samstags Sportschau, Klaus hat ein strammes Programm für seine vierundachtzig Jahre. Olga schiebt automatisch zwei Helle über die Theke. Wie unkompliziert das Leben sein kann.

„Und?", fragt Klaus.

„Wollte nur mal kurz vorbeischauen", nickt Ludwig.

Damit ist alles Nötige gesagt. Das erste Bier ist noch nicht getrunken, da betritt Dr. Fis die Kneipe; er ist hoch in den Siebzigern, hat den roten Schal lässig um den Kragen der Lederjacke drapiert, tänzelt, die Notenmappe in der Hand, Richtung Hinterzimmer und stoppt dann abrupt.

„Moment mal, heute ist doch Montag?!"

„Nee", kichern Klaus und Ludwig, „Olga, schieb mal bitte die Skatkarten rüber, wir sind ja nun zu dritt."

Dr. Fis spielt Skat, das macht ihn in diesem Kreis unentbehrlich. Er spielt besser, als er singt. Er singt immer einen halben Ton zu tief, zum Beispiel 'fis' statt 'g'. Er ist der festen Überzeugung, alle anderen sängen falsch. Der Chorleiter hat resigniert, die Tenor-Kollegen haben sich damit abgefunden und ihm seinen Spitznamen verpasst.

„Nicht Montag?", wundert sich Dr. Fis und setzt sich zu seinen Sangesbrüdern an den Tisch: „Na dann, einen schönen Gruß von Jim Beam!"

„Muss ich diesen Tschim kennen?", fragt Klaus, „wer ist das?" - „Wahrscheinlich ein Kollege von Doktor Alzheimer", lacht Ludwig.

Es handle sich um eine Whiskey-Marke, erklärt Dr. Fis, er habe am Nachmittag zwei Gläser davon zur Brust genommen, sei dann in einen Schlaf gefallen. „Und als ich aufwachte, war Montag für mich. Und prompt bin ich los in den Grünen Baum."

Der Grüne Baum leidet unter den Folgen der Klima-Katastrophe und lässt die Blätter hängen: Nur die Theke blitzt, dahinter versinkt alles in einem trüben Braun-Gelb; seit fünfzig Jahren scheint hier die Zeit stehen geblieben zu sein. Dr. Fis, Ludwig und Klaus sehen aus, als gehörten sie zum Inventar. Ginge es nach ihnen, könnte alles so weiter gehen bis in alle Ewigkeit. Aber es geht nicht weiter, weder mit ihnen, noch mit dem Grünen Baum. Ab Ostern schließt die Kneipe. Der Eigentümer will renovieren, der Wirt keine höhere Pacht zahlen, also werden Flüchtlinge einziehen, das bringt auch ohne Renovierung Geld; Shanty-Chor, Kegelclub, Laienspielgruppe und Stammtisch-Senioren können sich ein neues Zuhause suchen.

Man müsse trotzdem positiv ins neue Jahr blicken, predigt Doktor Fis und rudert mit den Armen: „Die Probleme ganz ernst nehmen, aber sie auch voll Kraft und Optimismus angehen. Kurz, so leben, wie der Cem schaut, wenn er Fernseh-Interviews gibt."

„Du meinst den Tschim", korrigiert Ludwig, „den Whisky-Tschim." - „Nein, den Cem, den Politiker der Grünen. Ihr müsst seine Augen sehen, wenn er diskutiert – die sprühen geradezu vor Aktivität!" Dr. Fis spricht über Cem Özdemir, als sei er mit ihm befreundet.

„Ach du liebe Güte ...", seufzt Ludwig, schaut den Klaus lange an, hebt dann den Arm wie ein Schuljunge, beschreibt mit dem Zeigefinger einen Kreis Richtung Theke: „Eine Runde, aber keinen Tschim und keinen Tschem!" - „Die geht auf mich", ruft Dr. Fis dazwischen, „drei Gin-Fizz, damit wir Freunde bleiben!"

Die Wirtin schüttelt den Kopf, sie spricht deutsch, russisch und einige Brocken Türkisch, nur Englisch und Gin-Fizz bleiben Fremdsprache. Hier gebe es weder Tschin noch Fitz, aber heute frische Frikadellen, sagt sie. Sie weiß, was Männer brauchen. Die Herren beraten, sie wollen einen besonderen Schnaps, kommen aber nicht auf den Namen: „Na diesen, du weißt schon!"

„Olga weiß und bringt dreimal 'Honig'. Die Herren sind zufrieden, der Schnaps geht runter wie Öl und ist unter diesem Namen auf keiner Getränke-Karte zu finden. „Wenn sich bei uns ab Ostern Syrer Honig bestellen, werden die sich ganz schön wundern", lachen sie.

Ab Ostern wird es wenig zu lachen geben im Grünen Baum, draußen auf dem Land. Dann wird die einzige Kneipe im Ort, geschlossen, und auch die fünfzig Flüchtlinge, die dort einziehen werden, werden nichts zu lachen haben. „Die werden kräftig Deutsch büffeln müssen, um hier zurecht zu kommen", orakelt Ludwig.

„Büffeln heißt, schwere Arbeit leisten, früher mussten immer die Büffel die Karren aus dem Dreck ziehen", weiß Klaus. Er stammt gebürtig aus Bessarabien und kennt sich mit Büffeln aus. „Deutsch-Lernen kann schon ganz schön schwer sein."

„Ach was!", widerspricht Dr. Fis, „Deutsch wird immer einfacher, die jungen Leute machen von Jahr zu Jahr weniger Worte. Wer ein Smartphone besitzt, braucht gar nicht mehr zu reden, der schickt nur noch Emojis von Apparat zu Apparat. Das sind diese kleinen runden Bildchen in Textnachrichten, ihr wisst schon, was ich meine."

Niemand weiß, was er meint, aber vielleicht ist das ja der Grund dafür, dass man sich so gut versteht. Und je weniger Worte gemacht werden, desto klarer und einfacher sind die Botschaften. Unter diesem Aspekt betrachtet, ist Verständigung eine Kleinigkeit.

Ludwigs Handy klingelt schrill in einer Lautstärke, als handele es sich um Feueralarm. Seine Frau ist dran. „Wo bleibst du mit der Milch?" tönt es in die Runde.

„Was für Milch?"

"Die du holen wolltest vor einer Stunde!"

„Ich??" Ludwig versteht nicht, die anderen begreifen sofort: es handelt sich um ein klassisches Missverständnis zwischen Eheleuten. „Ich dachte, du meintest, ich solle mal ein bisschen an die Luft gehen, weil du deine Ruhe haben wolltest", schreit Ludwig das Handy an und scheint das Wort 'Ferngespräch' wörtlich zu nehmen.

„Was du dachtest, ist völlig uninteressant; ich meinte, du solltest einkaufen gehen!", schreit es zurück.

„Wie soll ich wissen, was du meinst, wenn du nicht sagst, was ich soll?"

„Ich komme ja gar nicht dazu, weil du schon zu wissen glaubst, was ich sagen will, und du mich sofort unterbrichst!"

Sie hat aufgelegt. Die Talkshow im Grünen Baum ist abrupt beendet. Applaus verbietet sich angesichts derartiger babylonischer Verwirrungen.

„Tja," sagt Ludwig und steht auf.

„Tja dann ...", antworten die Freunde.

Unter diesem Aspekt betrachtet, ist Verständigung vielleicht doch eine äußerst komplizierte Aufgabe.

Deutsch für Inländer

Ich sah im Strom der Passanten das Paar mit seinen beiden Kindern im Einkaufswagen auf das Fotostudio zusteuern. Das Studio bestand aus einem etwa zwei Quadratmeter großen Podest im Eingangsbereich des Kaufhauses. Hinter der Längsseite des Podestes gähnte der regennasse Busbahnhof durch die Fensterfront. In der dünnen Sandschicht auf dem Podest stand ein Kinderliegestuhl, daneben lockte ein bunter Ball. Im Hintergrund gaukelte ein Poster mit blauem Himmel über Dünen eine Strandidylle vor. Während die Fotografin neben einer großen Fotolampe auf Kundschaft wartete, blies ihr Partner den vom gegenüber liegenden Kundenparkplatz hereinströmenden Menschen Seifenblasen entgegen. Es war elf Uhr vormittags.

Das Paar blieb unschlüssig stehen. Das kleine Kind, ein etwa anderthalbjähriges Mädchen mit dichten blonden Locken, begann zu schreien und zeigte mit der Hand auf die Seifenblasen. Die Frau hob die Kleine aus dem Wagen, das Geschrei versiegte. Der Rattenfänger blies seine Seifenblasen nun zum Podest hinauf. Das Mädchen lief zur Rampe der Strand-Bühne und starrte den entschwebenden schillernden Blasen nach. Es streckte die Hände nach ihnen aus und schrie 'Mama!' Der Seifenblasenbläser sah die Mutter an und hob dann vorsichtig das Kind auf das Podest. „Ein sehr ein hübsches Kind", sagte er, „für ein sehr ein schönes Foto!" Während die Eltern mit der Fotografin verhandelten, reihte ich mich ein in die Warteschlange vor dem Bäcker-Shop gegenüber; ich hatte Lust auf einen Caffè-latte und ein Stück Streuselkuchen.

Draußen klatschte Regen gegen das Fenster hinter dem Foto-Podest. Das Mädchen saß jetzt auf dem Boden, fuhr mit den Händchen durch den Sand und leckte sie dann ab. Der Sand schien ihm zu schmecken. Die Fotografin schaltete ihre Lampe an, Sonnenlicht ergoss sich über die Strand-Idylle. „Ella, nicht Sand essen, das ist bah!", rief die Mutter und rieb Ella den Sand von den Händen. Ella wehrte sich und schrie. Der Partner der Fotografin rollte den Ball vor das Mädchen. Ella stieß ihn zur Seite, der Mann schob ihn zurück. Das Geschrei verstummte. Die Fotografin schoss Fotos. „Aber sie ist ganz schmutzig im Gesicht", protestierte die Mutter und versuchte, Rotz und Sand aus Ellas Gesicht zu wischen. Die Kleine schrie

Passanten blieben stehen und sahen dem Schauspiel zu. „Ich hole mir jetzt einen Kaffee", rief der Vater genervt seiner Frau zu, „das kann ja dauern, bis Ella Ruhe gibt." Der Sohn reckte sich im Einkaufswagen auf: „Kann ich eine Cola?" - „Kann ich eine Cola haben", vervollständigte ich automatisch den unvollendeten Satz, ich hasse derartige Abkürzungen. Der Junge, offenbar ein Fußball-Fan in einem blauen Messi-Shirt, grünen Fußballhosen und roten Fußballschuhen, versuchte, aus dem Wagen zu klettern; der Vater hob ihn heraus.

„Bitte", sagte die Verkäuferin und schob mir eine Cola über den Tresen, „sonst noch was?"

„Einen Caffé-latte und ein Stück Streuselkuchen, sonst nichts."

„Sie haben doch eben gesagt 'Kann ich eine Cola haben'." Sie drückte mir den Pappbecher mit Cola in die Hand.

„Die ist für den Jungen hier", wehrte ich ab. Hinter meinem Rücken schrie das Mädchen im Sand und war nicht zu beruhigen. „Bring ein Stück Kuchen für Ella mit!", rief die Mutter ihrem Mann zu.

„Kann ich auch Kuchen?" fragte der kleine Fußballer und drängte sich hinter mir zum Vater an den Tresen.

„Kann ich auch Kuchen haben", knirschte ich zwischen den Zähnen.

„Also zwei Stück Steusel", wiederholte die Verkäuferin und packte ein weiteres Stück auf den Pappteller.

„Nicht für mich, für die beiden da, Herrgott nochmal!" - „Ach so!" Sie schob dem Vater meinen Caffèlatte, die Cola und den Kuchenteller entgegen. Der Vater reichte Cola und Kuchen gedankenlos an seinen Sohn weiter. Ehe ich protestieren konnte, war der Junge schon Richtung Foto-Studio losgezogen. „Ein Stück Kuchen ist für Ella!", rief ihm der Vater nach und griff nach meinem Caffè-latte-Glas. „Ich will auch Foto!", rief der kleine Fußballer und ließ sich von dem Seifenblasenbläser auf das Podest helfen und in den Kinder-Liegestuhl setzen. Vor ihm stopfte sich Ella Streuselkuchen in den Mund und war zufrieden. „Endlich", lachte der Vater neben mir und knuffte mich freundschaftlich mit dem Arm in die Seite, „was lange währt, wird endlich gut. Sofern sie rechtzeitig auf den Auslöser drückt!" Er prostete seinem Sohn mit meinem Caffè-latte zu.

Ella sah, dass ihr Bruder trank. „Auch! Auch!", rief sie, stand auf und versuchte, ihm die Cola zu entreißen. Im Gerangel ergoss sich der braune Saft in den Sand. Nun erhob sich das Geschrei zweistimmig.

„Hört auf zu streiten und macht ein fröhliches Gesicht, verdammt noch mal", brüllte der Vater dagegen an, wollte einen Schluck trinken, zögerte verwirrt einen Moment und schob dann das Glas auf den Tresen zurück: „Das habe ich nicht bestellt! Ich habe überhaupt noch nichts bestellt!"

„Das hat der Herr hier für sie getan." Dabei lächelte mich die Verkäuferin freundlich an und ergänzte: „Macht zusammen acht-sechzig."

„Moment mal", sagte ich. - „Moment mal", echote der Vater, „Wieso kommen Sie dazu, in meinem Namen etwas zu bestellen?!"Ich versuchte zu erklären, dass ich den Caffè-latte und ein Stück Kuchen für mich bestellt, aber nicht bekommen hätte; die Cola und das zweite Streuselstück jedoch, das sich der kleine Raffzahn dahinten unter den Nagel gerissen habe, hätte ich gar nicht geordert.

„Raffzahn nennen Sie meinen Sohn?", schrie mich der Vater an.

„Ich könnte auch Schreihals sagen", entgegnete ich in ebenso forcierter Tonart. Um uns bildete sich ein Kreis interessierter Zuhörer.

„Er hat gesagt 'kann ich Cola haben' und 'kann ich Kuchen haben' – dafür gibt es Zeugten", jammerte die Verkäuferin.

„Nie im Leben würde ich auf diese Weise etwas bestellen", protestierte ich, „ich habe nur den Jungen korrigiert, der anscheinend nur in halbfertigen Sätzen reden kann. 'Kann ich Kuchen, kann ich Cola, kann ich Foto' – das klingt ja schrecklich!"

Zugegeben, ich bin da vielleicht etwas pingelig. Natürlich kann man sich auch auf solche Weise verständlich machen. Aber auf falsche und unvollständige Sätze reagiere ich nun mal allergisch – die langen Jahre als Lehrer mögen da ihre Spuren hinterlassen haben. Der Vater baute sich drohend vor mir auf und wechselte ins intime Du: „Wenn du Korinthenkacker noch einmal an meinem Sohn herumkritzelst, dann kannst du was erleben." Er sah mich kurz an, als erwarte er eine Antwort, und wandte sich dann zum Gehen. „Weder kritzele, noch krittele ich an Ihrem Sohn herum, sondern ich kritisiere nur dessen Ausdrucksweise!", rief ich ihm nach, „und was den Korinthenkacker betrifft ..." – hierbei tippte ich ihm von rückwärts auf die Schulter - „den verbitte ich mir energisch!"

Die Antwort kam unvermittelt. Seine Faust traf mich auf den Mund: „Halt's Maul!" Er drehte sich um und verschwand. Ich war sprachlos. Da schlägt ein erwachsener Mann einem anderen aus heiterem Himmel ins Gesicht. Nicht zu fassen! Wo leben wir denn?! Die Verkäuferin reichte mir eine dünne Papierserviette, damit ich mir die blutende Lippe abwischen konnte. „Macht acht Euro sechzig," sagte sie schließlich, als sei das ein Trost.

Es war still geworden. Die Lust auf Kaffee, Kuchen und weitere Diskussionen war mir abhanden gekommen. Noch etwas benommen zählte ich das Geld auf den Tresen. Die Umstehenden starrten mich an, als zahle ich mit Falschgeld. „Der Latte ist Ihrer", sagte die Verkäuferin und deutete auf das Glas, „den können Sie auch als to go mitnehmen." Sie winkte einladend mit einem Pappbecher. Ich schüttelte den Kopf, biss die Zähne zusammen und schob wortlos meinen Einkaufswagen Richtung Parkplatz. Am Fotostudio hatte die Fotografin die Fotosonne abgestellt. Von Vater, Mutter und den beiden Kindern keine

Spur, nur ein dunkler Fleck im Sand auf dem Podest vor dem Kinder-Liegestuhl erinnerte an sie. Im tristen Grau streute der Foto-Animateur Sand über den Fleck. „Die Leute haben ihre Urlaubsfotos nicht genommen", klagte er und hielt mir eines der Fotos hin. "Sind einfach abgehauen."

Das Foto zeigte zwei zankende Kinder im Sonnenlicht am Strand. Als gäbe es plötzlich etwas Wichtigeres als ihren Streit, schauen sie erschreckt zur Seite, wahrscheinlich sahen sie zu mir herüber.

„Sie sind mit auf dem Bild, obwohl Sie nicht drauf sind", sagte der Mann vorwurfsvoll „Wollen Sie es?"

„Haben!", korrigierte ich automatisch.

„Für umsonst", sagte der Mann und drückte mir das Bild in die Hand.

„Danke", sagte ich ohne weiteren Kommentar und ging.

Herzenssache

Es war kein gewöhnlicher Tag, auch wenn Erwin Beer es sich einzureden versuchte. Normalerweise fuhr er in dieser Frühe mit dem Rad zur Arbeit – auf den Bau, wie er es seit vierzig Jahren tat. Heute tippelte er im Sonntagsanzug mit einem kleinen Köfferchen in der Hand den Bürgersteig entlang, und je näher er dem Krankenhaus kam, desto kürzer wurden seine Schritte. „Es muss sein", hatte der Arzt gesagt und seine Frau hatte zugestimmt: „Zieh Dich anständig an und geh."

An einem Arbeitstag nicht zur Arbeit zu gehen, kam ihm seltsam vor. Er fühlte sich nicht krank - bis er an einem Sonntagnachmittag beim Spazierengehen einfach umgefallen war. Eine kurze Ohnmacht, als ob sich der liebe Gott ein Stückelchen aus seinem Leben geschnitten hätte, um zu probieren, ob er, Beer, schon reif sei für das ewige Leben. Danach war alles wieder wie vorher; er hatte den Schrecken seiner Frau weggewischt wie einen Kaffeefleck auf dem Wachstischtuch in der Küche. „Wenn es noch einmal passiert, gehe ich zum Arzt", hatte er ihr versprochen. Es war noch einmal passiert, zwei Monate später. Kein Herzinfarkt, kein Schlaganfall, hatte ihn der Doktor beruhigt; das Herz sei stark und schlage eher zu heftig als zu schwach, es habe allerdings zwi-

schendurch Aussetzer, denen man mit einem Schrittmacher begegnen müsse. Ein kleiner Eingriff, keine
große Sache. „Das musst du machen lassen", hatte
seine Frau bestimmt. Was die Obrigkeit anordnet,
hat zu geschehen, wusste er. „Ich gehe allein." Wenigstens darauf hatte er bestanden.

Bisher war sein Leben sehr einfach verlaufen: Werk-
tags Wände verputzen von morgens halb acht bis
nachmittags halb fünf, nach Feierabend entweder im
Schrebergarten oder Hobbykeller werkeln, am Sonntag mit der Familie in der menonitischen Gemeinde
singen, beten und mit Freunden schwatzen. Seit vierzig Jahren dasselbe, unterbrochen durch wenige Wochen Urlaub. Zwei Jahre wollte er noch arbeiten,
dann war er fünfundsechzig, dann war's auch gut.
Was danach kam, würde er mit dem selben Gleichmut hinnehmen, mit dem er sein bisheriges Leben
gelebt hatte, dachte er. Der Gleichmut verließ ihn,
als er das Krankenhaus betrat.

Oberstleutnant a.D. Alfons von Lipp hatte bereits
am Vorabend der Operation sein Einzelzimmer im
Krankenhaus bezogen und eine unruhige Nacht verbracht. Er war 61 Jahre alt, noch im besten Mannes-
alter, und trotzdem ewig müde und schlapp, zu
nichts mehr zu gebrauchen, zumindest fühlte er sich
so. Er befand sich außer Dienst – und nicht nur in seiner militärischen Laufbahn, sondern auch im Privatleben. Da halfen weder literweise schwarzer Kaffee

noch der verhasste Altmänner-Mittagsschlaf. Er konnte nicht mehr, wie er wollte, und er wollte noch so viel. Stattdessen Krankenhaus, aber wenn schon, dann bitte erster Klasse als Privatpatient. Ihm sollte ein Ersatzteil eingebaut werden, das sein zu langsam schlagendes Herz wieder auf Trab bringen sollte. Eine kurze medizinische Aufrüstung sozusagen, zwei Tage stationär, dann würde es wieder 'Im Gleichschritt marsch' heißen. Sofern es keine Komplikationen gab.

Er saß auf der Bettkante und starrte missmutig aus dem Fenster in den frühen Morgen. Seine Krankenhaus-Erinnerungen waren nicht die schönsten, genauer, sie waren schrecklich. Stichwort Prostata. Normalerweise blühe dem Mann eine Erkrankung erst ab siebzig, hatte er gehört. Dann hatte es ihn schon mit vierundfünfzig erwischt: die Biopsien waren ein Alptraum gewesen. Die Erinnerung an den Blasenkatheter konnte ihm jetzt noch Schweißperlen auf die Stirn zaubern und das langsame Herz schneller schlagen lassen. Alfons riss sich zusammen, stand auf, zog sich die Trainingshose unter das Krankenhaushemd, verließ sein Zimmer und begann eine Wanderung durch die Flure.

Erwin Beer kaufte sich am Kiosk eine Bildzeitung, ließ sich am Empfang den Weg zu seiner Station zeigen und meldete sich bei der zuständigen Schwester. „Sie sind der Schrittmacher", seufzte die, „ich weiß nur nicht, wohin mit Ihnen, alles ist belegt – und auf dem Flur wollen wir Sie ja nicht liegen lassen."- „Ich kann stehen", sagte Herr Beer und dachte, es sei doch schön, wenn seine Frau ihn begleitet hätte.

Als Oberstleutnant a.D. von Lipp zurückkehrte, saß ein Mann auf der Kante eines zweiten Bettes, das in der Zwischenzeit ins Zimmer gerollt worden war. Statt eines Gesichtes sah er über einem grauen Anzug nur eine aufgeschlagene Zeitung und die fette Schlagzeile „Rentnerin von Grabstein erschlagen."

„Nanu", sagte der Offizier und räusperte sich.

Die Zeitung senkte sich und ein schmales Gesicht grüßte freundlich nach oben: „Guten Morgen."

„Was machen Sie hier?", fragte Herr von Lipp, nickte dann einen kurzen Gruß hinterher und klärte die Lage: Dies sei ein Einzelzimmer, das er als Privatpatient gebucht habe; insofern müsse es sich hier um einen Irrtum handeln.

Eine Schwester habe ihn samt Bett hierher geführt, erklärte Erwin Beer, dabei brauche er eigentlich kein Bett, er sei so weit gesund, dass er den Weg zum Operationssaal gut zu Fuß zurücklegen könne. „Aber ich soll hier warten auf das, was kommt."

„Und das wollen Sie ausgerechnet bei mir?"

„Gern", antwortete Herr Beer, versank wieder hinter seiner Zeitung und ließ sich nicht stören.

„Penetrant", dachte Herr von Lipp, trat ans Fenster und überlegte, was zu tun sei. „Ich werde doch nicht mit diesem Wurm da drüben das Zimmer teilen. Was diesen Schwestern einfällt!"

Der Wurm ließ die Zeitung sinken, als habe er gehört, was der andere gedacht hatte, und wandte sich in dessen Richtung: „Sie haben hier überall zu wenig Platz, sagte die Schwester. Das ist fast wie damals bei uns zu Hause. Auch alles überfüllt. Aber mit einem guten Trick und einem Bakschisch bekam man immer noch ein Plätzchen."

„Wir sind hier in Deutschland, da braucht man keine guten Tricks", knurrte der Oberstleutnant.

„Stimmt, da reicht eine gute Versicherung", ergänzte Herr Beer.

Herr von Lipp schwieg. Nur kein Gespräch anfangen, sonst habe ich ihn am Hals und werde ihn nicht mehr los, fuhr es ihm durch den Kopf. Er setzte sich demonstrativ mit dem Rücken zu Beer auf die Bettkante und ballte die Fäuste. Er wollte seine Ruhe haben. Er hatte sie. Die Stille breitete sich aus. Er hörte sein Herz klopfen; ihm schien, als klopfe es mit erhöhtem Tempo und habe keinen Schrittmacher nötig. Hinter seinem Rücken blätterte Herr Beer in der Zeitung.

Lächerlich, Rücken an Rücken dazusitzen und sich anzuschweigen, dachte Herr von Lipp und unterbrach die Stille: „Haben Sie es auch am Herzen?"

„Meins schlägt zu schnell und macht dann ab und zu Pause." Herr Beer faltete die Zeitung zusammen und wandte sich seinem Bettnachbarn zu, „ich bekomme einen Schrittmacher."

„Ich auch, meins schlägt zu langsam."

„Das kann dauern, bis wir dran kommen", sagte Herr Beer, „die Schwester sagte, die Ärzte hätten die Nacht durch operiert und müssen erstmal Pause machen."

„Unsinn!", knurrte der Offizier.

„Haben Sie das gelesen?"; fragte Erwin Beer nach einer Weile und hielt dem Offizier die BILD-Schlagzeile entgegen.

„Ich lese diese Zeitung nicht!"

„Sie können sie haben, ich bin durch damit!"

Herr von Lipp drehte sich zur Seite und seufzte.

„So schlimm ist es auch nicht, es ist nur ein kleiner Eingriff, hier unter dem Schlüsselbein", tröstete Herr Beer.

„Ich weiß", sagte Herr von Lipp.

„Man braucht keine Vollnarkose!"

„Ich weiß!"

„... sagte mein Arzt. Ich selbst hab keine Ahnung. Es wird schon werden."

„Gott geb's!", antwortete Herr von Lipp betont kurz.

„Das tut er", beteuerte Herr Beer, „er gibt und nimmt und wir warten ab. Es bleibt uns nichts anderes übrig." Erwin Beer zog sich aus, legte seine Kleidung sorgfältig zusammen und begann, das Krankenhausnachthemd anzuziehen. „Der Schlitz ist hinten", korrigierte der Oberstleutnant.

„Wieso? Ich werde doch vorne unter der Schulter operiert?"

"Egal, der Schlitz ist immer hinten. Waren Sie noch nie im Krankenhaus?"

„In Deutschland nur zu Besuch, und einmal in Duschanbe zur Behandlung, weil ich mir da ein Bein gebrochen hatte."

„Sie waren in Duschanbe?", fragte der Oberstleutnant, „was haben Sie in Tadschikistan gemacht?"

„Ich bin da geboren", sagte Herr Beer.

„Ach!" Ein Lächeln glitt über das Gesicht des Offiziers, „ein schönes Land, vor allem das Altai-Gebirge hat es mir angetan. Wie sind Sie dorthin gekommen?"

„Stalin hat meine Großeltern von der Wolga nach Sibirien umgesiedelt, unter Chrustschow sind meine Eltern nach Tadschikistan gezogen. Da bin ich aufgewachsen. Dann sind wir nach Deutschland heimgekehrt."

Die Tür öffnete sich, eine resolute Schwester schob ein Wägelchen ins Zimmer. „Guten Morgen, die Herren! Dann wollen wir mal", kommandierte sie und wandte sich zuerst an den Offizier: „Bitte die Hosen herunter!"

„Ach Gott", stöhnte Herr von Lipp, „nicht das jetzt wieder!" - „Wir werden doch nicht zimperlich sein", meinte die Schwester und griff zum Rasiermesser, „andere Leute müssen für eine Intimrasur bezahlen, Sie haben das gratis!" Der Oberstleutnant schloss die Augen.

„Entschuldigen Sie, Frau Schwester, aber eigentlich werden wir doch nur hier oben operiert" - Erwin Beer griff sich an das Schlüsselbein - „und ohne große Narkose, hat der Arzt gesagt."

Die Schwester richtete sich auf: „Auch gut. Dann können Sie die Hose wieder hoch ziehen!" Sie packte ihre Utensilien zusammen und schob ihr Wägelchen zur Tür. „Dann liegen die Gallenblasen wohl neben-an." Und weg war sie.

Herr von Lipp öffnete die Augen wieder. Er war sprachlos. „Das ist ... das ist...", stammelte er.

„Das ist Deutschland", ergänzte Herr Beer, „in Tad-schikistan wären Sie jetzt Ihre Gallenblase los und ob sie einen Schrittmacher bekommen hätten, ist sehr fraglich."

„Danke", sagte Herr von Lipp und streckte Herrn Beer die Hand entgegen, „ich heiße Alfons!"

„Erwin", sagte Herr Beer und schüttelte von Lipps Hand.

Ein Traum

Er sitzt an einem Tisch, der in einem riesigen Zimmer steht. Ihm gegenüber seine Frau, sie frühstücken. Vor ihm ein Tee-Becher mit der Aufschrift „Smile". Er versucht, dieser Aufforderung nachzukommen. Es will nicht gelingen. Er mag keinen grünen Tee, hat ihn trotzdem zubereitet, weil seine Frau ihn für gesund hält. „Smile!", droht der Becher, „lächle und trinke diesen Scheißtee als wäre es Champagner." Er versucht es mit kleinen Schlucken, er kann nicht lächeln. Sie steht auf, nimmt ihren Becher, trinkt ihn in einem Zug aus, stellt ihn ab und lächelt, während sie langsam rückwärts zur Tür geht, als wolle sie sagen, es gehe ganz leicht, wenn man es nur wolle - das mit dem Lächeln und alles andere auch. Was denn „alles andere auch" meine, will er fragen, aber er fragt nicht, er kann nicht fragen, er hat keine Worte, er hat nur Augen für sie. Wie hübsch sie ist. So jung! Sie trägt ein leichtes Sommerkleid, fast durchsichtig. Er friert, wie er sie ansieht, und will sich den Wintermantel, den er über dem Schlafanzug trägt, zuknöpfen, was mit Fäustlingen an den Händen ebenso wenig gelingt wie das befohlene Lächeln. Sie schüttelt den Kopf, sie schüttelt sich, als wolle sie sich ausschütten vor Lachen, schüttelt den ganzen Körper, als wolle sie ihn abwerfen, und erhebt sich in die Luft, flattert wie ein gelber Schmetterling durch dieses riesige Zimmer, das eigentlich eine Halle ist, mehr noch, ein leeres Haus, nur ein Tisch darin, auf dem Tisch zwei Smile-Becher samt Frühstücksteller, davor er, frierend, wie angenagelt auf dem Holzstuhl, und sie da oben unter dem Dach; klein und winzig kommt er sich vor hier unten, er muss den Kopf verdrehen, um zu ihr hochzuschauen, und dann kackt sie ihm von da oben auf den Tisch, direkt auf das Toastbrot neben seinem Smile-Becher, und fliegt weg, durch die Wand, einfach weg. Er streckt die Hand nach ihr aus. „Ilse!?"

Ilse ist schon aufgestanden, hat die Bettdecke zurückgeschlagen, das Fenster zum Lüften geöffnet und ist weggeflogen. „Warte doch", sagt Martin, aber es ist niemand mehr da, der warten will. Er setzt sich auf die Bettkante, will den Traum abschütteln wie eine lästige Wespe im September. Er reibt sich die Augen. Wohin fliegt Ilse jetzt? Wahrscheinlich ins Bad. Er zieht sich den Bademantel über den Schlafanzug, geht in die Küche, setzt Wasser auf für den Grünen Tee, deckt den Tisch. Während er Brot toastet, richtet sich sein Blick unwillkürlich nach oben: kein Schmetterling da unter dem Dach, auch kein Dach da, sondern nur Zimmerdecke; oben wohnten bis vor kurzem Tochter und Schwiegersohn mit ihren Kindern, nun steht die Wohnung leer. Er geht vors Haus, holt die Zeitung aus dem Briefkasten, draußen fällt wässriger Schnee.Er sitzt am Tisch und blättert in der Zeitung, als sie hereinkommt:. Sie trägt jetzt kein durchsichtiges gelbes Sommerkleid sondern eine dicke Fleecejacke und Hosen. Er atmet auf.

„Ist was?", fragt sie, da sie seinen Blick bemerkt. Er schüttelt den Kopf. Sie fischt sich den Lokalteil aus der Zeitung. „Die Zeitung hast du von draußen geholt, frische Brötchen nicht", stellt sie fest, „einmal über die Straße war wohl zu weit"

„Im Schlafanzug schon. Und vor allem zu kalt. Guten Morgen."

Er hat wieder Worte. Was er dennoch nicht in Worte fasst, ist die Tatsache, dass ihr die Brötchen vom Laden gegenüber nicht schmecken; dann schon lieber Toastbrot, hieß die Parole bisher. Vielleicht gilt 'bisher' nicht mehr, für die Brötchen nicht und alles andere auch nicht? Bis vor zwei Monaten tobten die Enkelkinder im Garten, oben im ersten Stock gab es mit den Kindern immer viel zu reden, zu trösten, zu streiten. Jetzt herrscht Stille im großen Haus. Zentnerschwere Stille. Er schenkt Tee in die Smile-Becher. Die Becher lächeln sich an, die Menschen lesen Zeitung, und trinken Tee. Ein Morgen im Februar wie viele schon und viele noch. Er streicht sich ein Toastbrot; das Messer kratzt über die Scheibe und verursacht einen Höllenlärm am stillen Tisch. Wieso hat sie mir aufs Brot gekackt, fragt er sich, wieso träume ich einen derartigen Stuss? Ein gelber Falter, der ihm einen Riesenhaufen aufs Toastbrot kackt! Er lässt die Scheibe wieder auf den Teller zurück sinken. Wie hartnäckig dieser Traum in ihm rumort und ihm den Appetit vermiest. Als habe er sich festgehakt in seinem Hirn. Ilse lässt die Zeitung sinken, auch sie hat noch nichts gegessen, und sieht ihn an: „Wir müssen mal grundsätzlich etwas verändern."

Aha. Meint sie die Frühstücksreihenfolge? Nicht mehr wie bisher erst Tee und danach Kaffee, sondern umgekehrt? Oder doch Brötchen und kein Toastbrot mehr?: „Soll ich …?"

Sie lächelt, schüttelt den Kopf. Gleich mutiert sie zum Schmetterling, denkt er, und zwar zu keinem zitronengelben, sondern einem Fleece-grauen, draußen ist schließlich Februar, und dann flattert sie davon.

„Ich bin dann mal weg", sagt sie tatsächlich, steht auf und geht.

„Wohin?"

Keine Antwort. Die Flurtür fällt ins Schloss. Was hat sie vor? Das sagte sie nicht, das sagt sie nie. Wozu er das wissen müsse, fragt sie, wenn er wissen will, wohin sie fahre; wenn er sich jedoch ins Auto setzt, ohne von ihr losgeschickt worden zu sein, will sie wissen, was er wolle - manchmal versehen mit dem Hinweis, er könne auch das Rad nehmen, Fahrradfahren sei gesund. Ilse und Martin besitzen zwei Autos – die gemeinsame größere Familienkutsche, gemeinhin als seines bezeichnet, und ihren kleinen Flitzer. Sie wohnen auf dem Land, da muss man mobil sein. Muss man? Zwei Autos, ein Garten wie ein Park, ein Haus wie ein Bauernhof für zwei Personen, die sich darin zu verlieren drohen. Draußen springt ihr Auto an; er sieht den gelben Mini auf die Hauptstraße kurven.

Hallo! Was heißt 'Ich bin dann mal weg'? Wir sind hier doch nicht im Kino! Ihn packt die Wut: Sich so einfach davon machen, gilt nicht! Er will Antworten! Jetzt!

Er springt auf, steigt in Pantoffeln ins Auto und fährt los, ihr nach. Und wenn er sie mitten in der Stadt im Schlafanzug und Bademantel zur Rede stellen müsste, egal! Er will jetzt wissen, was los ist zwischen ihnen, jetzt und nicht später! Ein Blitzer stoppt seine Raserei; er ist mit fast hundert durch den Ort gebraust; Sakrament, das wird teuer. Er parkt den Wagen am Straßenrand, lässt den Kopf auf die Hände am Steuerrad sinken. Was war das für ein Anfall? Jähzorn? Verzweiflung? Angst? Er muss zu sich kommen.

Als er endlich bei sich ist, schämt er sich. Was soll er seine Frau denn fragen, wenn er ihre Antworten doch schon kennt. Er weiß, was ihr und ihm zu schaffen macht. Seine Tochter mit Schwiegersohn und Enkelkindern sind in die Stadt gezogen; nun sind Haus und Garten wie verwaist. Die Leere macht ihnen zu schaffen, das Gefühl, nicht mehr gebraucht zu werden wie früher; die Angst, für niemanden mehr da sein zu können als für einander. Wenn man das ändern wollte, gäbe es nur die Alternativen, entweder den alten Besitz zu verkaufen und auch in die Stadt zu ziehen in die Nähe der Kinder, oder dazubleiben und die obere Wohnung zu vermieten. Aber wer zieht schon in ein einsames Haus auf dem Land?

Er wendet, fährt langsam zurück. Rein theoretisch gäbe es noch eine Lösung, eine ungeliebte zwar, aber eine denkbare. Der Landkreis sucht händeringend Unterkünfte für Flüchtlinge. Man müsste sich eine syrische Familie aussuchen, am besten mit kleinen Kindern, und sie da oben wohnen lassen, wo früher die eigenen Kinder lebten. Dann wäre alles fast so wie es war, nur eben anders. Vor dem Anderen hat er Angst. Mehr Angst als seine Frau, die immer wieder Andeutungen in diese Richtung macht. Ja, es könnte vielleicht ganz praktisch sein. Es könnte aber auch zum Alptraum werden; es ist ein Risiko, wenn man die Menschen, mit denen man zusammenleben soll, nicht kennt. Vor diesem Risiko hat er die größte Angst – fast so viel Angst wie vor der Möglichkeit, dass seine Ilse es mit ihm im leeren Haus auf Dauer nicht mehr aushalten und davon flattern könnte wie ein Schmetterling. Was also tun?

Er fährt nach Hause, kocht Kaffee wie immer, schäumt Milch auf, stellt zwei Tassen Cappuccino und Zucker auf den Tisch der großen Wohnküche, setzt sich davor und wartet - reglos wie der einsame Mann an der Bar auf einem Gemälde von Edward Hopper. So sitzt er lange, langsam sackt die aufgeschäumte Milchhaube über dem Kaffee zusammen.

Draußen hupt es, die Tür geht, Ilse kommt herein, legt ein verpacktes Etwas vor ihn auf den Tisch. „Lieb, dass du mit dem Cappuccino auf mich gewartet hast!" Sie tritt hinter hin, beugt sich zum Tisch hinunter, lupft das Papier von der Pappunterlage. Er spürt ihre Brüste auf seinem Rücken, sieht auf dem Tisch drei Schokoladencroissants. „Wunderbar", sagt er heiser.

„Aus dem Antiquitäten-Café, da gibt's die besten", sagt sie und setzt sich ihm gegenüber und rührt langsam Zucker in den Kaffee: „Martin, ich habe nachgedacht!"

„Ich auch", sagt er.

„Wegen oben, wenn wir die Wohnung vermieten würden ..."

„... an eine syrische Familie zum Beispiel ..."

„...mit kleinen Kindern"

„man könnte viel zusammen machen."

Er weiß, als pensionierter Pädagoge könnte er beim Deutschlernen helfen, Ilse könnte sich mit den Kindern befassen, der Frau beim Einkaufen helfen, vielleicht auch einmal gemeinsam kochen, neue Rezepte ausprobieren, gemeinsam den Garten herrichten. Mit jedem Schluck und jedem Bissen kommen neue Ideen. Es macht Freude, gemeinsam Pläne zu machen.

„Es wäre eine Chance für die Flüchtlinge", sagt er.

„Und für uns", sagt sie.

„Und wenn es schief geht?"

Daran wollen sie jetzt nicht denken.

Zufall, was sonst

Anna stieg ins Auto. Ihr Sohn saß schon ungeduldig am Steuer. „Wir müssen los, wenn wir rechtzeitig da sein sollen!" Es war neun Uhr früh, die Beerdigung fand am Nachmittag statt. Vorher wollte sie noch bei ihren Eltern vorbei schauen und durch Ebensbach spazieren, den Ort, in dem sie ihre Kindheit verlebt hatte. Sie sprang vom Beifahrersitz, ließ die Handtasche fallen: „Ich hab' meine Sonnenbrille vergessen", rief sie und verschwand im Haus. „O Mann, Mama", stöhnte ihr Sohn. Seine Ungeduld war verständlich; er hatte erst seit einigen Tagen seinen Führerschein gemacht und brannte darauf, seine Fahrkünste unter Beweis zu stellen. „Aber jetzt nicht rasen", bat Anna, als sie atemlos zurück ins Auto stieg. „Jaja", sagte er und gab Gas.

Ebensbach war ein Dorf am Rand des Odenwaldes. Dort lebten ihre Eltern und im Nachbarhaus hatte die einige Jahre jüngere Paula gewohnt. Für Anna war sie zuerst eine Art kleine Schwester gewesen, auf die sie aufpassen musste und mit der sie spielen konnte. Bald waren aus den beiden Nachbarskindern Freundinnen geworden waren. Sie erinnerte sich an die gemeinsamen Sommermonate auf dem Land. Wie schön es gewesen war! Davon wollte sie am Grab erzählen. Anna schloss die Augen. Sie sah sich auf dem

Fahrrad mit Paula auf dem Gepäckträger die staubigen Dorfwege entlang radeln. Und sie sah Sebastian vor sich - den Jungen, für den sie als Schülerin geschwärmt hatte. Seine Eltern hatten am anderen Dorfende gewohnt. Er war älter als sie und besaß ein Moped. Manchmal sah sie nur seinen Kopf und ein Stück Schulter hinter den Getreidefeldern dahin schweben, begleitet vom Mopedgeknatter. Alle Mädchen bewunderten ihn. Eines Tages hatte er neben ihr und Paula angehalten. „Tag, meine Damen", hatte er gelacht und grüßend die Mütze geschwenkt. Anna war wie gelähmt gewesen und hatte vor Faszination kein Wort herausbringen können.

„Na, dann nicht!", hatte er gesagt und Gas gegeben und war davon geknattert.

„Der ist voll doof, der Typ", war Paulas Kommentar vom Gepäckträger aus.

Als Anna vor ihrem Examen in Latein und Deutsch fürs Lehramt stand, kam Paula natürlich zu Besuch, um sie auf andere Gedanken zu bringen: „Mal gucken, was bei euch so läuft im fernen Göttingen." Sie zogen durch Diskotheken und erzählten sich ihr Leben. Paula hatte zu singen begonnen, schrieb eigene Lieder und tingelte damit durch Kneipen und Clubs. „Und davon kannst du leben?", wunderte sich Anna. - Sie wohne noch bei ihren Eltern, Kunst müsse eben subventioniert werden, lachte Paula. Ob Anna noch von Sebastian gehört habe? Hatte sie nicht, es gab Interessanteres. Als sie in Celle ihr Referendariat als Latein- und Deutschlehrerin absolvierte, war Paula wieder vor Ort, um die Lebensumstände ihrer Freundin zu inspizieren: „Und, hast du einen Freund?"

„Naja."

„Und du?"

„Auch naja. Wollen wir Männer checken?"

Sie setzten sich an den Computer, entwarfen ihre Profile und verbrachten Abende damit, bei 'Stayfriends' nach alten Bekannten zu suchen.

„Schau mal der da! Den kennen wir doch! Ist das nicht der Basti?" - Es war Sebastian, Annas Schwarm aus fernen Schultagen. Er blickte sehr ernsthaft vom Bildschirm. Er lebe, so lasen sie in seinem Profil, in Hamburg und arbeite als Journalist.

„Dem schreiben wir eine Email", bestimmte Paula. Mit 'wir' war Anna gemeint; schließlich sei sie damals in Ebensbach in ihn verknallt gewesen.

Er sähe auf dem Foto so ernsthaft drein, schrieb sie; sie habe ihn eher als Charming-boy in Erinnerung. Wenn er Kontakt zu ihr aufnehmen wolle, möge er ihr bitte einen richtigen, handgeschriebenen Brief schicken und keine Email, sie liebe analoge Briefwechsel. Ob er sich denn überhaupt noch an sie erinnern könne?

Anna und Paula hatten ihren Spaß beim Schreiben, mussten aber feststellen, dass die Email-Verbindungen in diesem Portal kostenpflichtig waren: entweder

der Adressat oder der Absender musste „Goldmitglied" sein, um die gesendete mail auch lesen zu können. „Schade", fand die sparsame Anna, der die 30,- Euro Mitgliedsbeitrag eindeutig zu viel Geld waren. „Der hätte sowieso nicht geantwortet", tröstete sie sich.

Am nächsten Tag stellte sie zu ihrer Überraschung fest, dass Sebastian ihre mail gelesen und auch beantwortet hatte; er musste also den Mitgliedsbeitrag für sie bezahlt haben. Erstaunlich! Er könne sich gut an sie erinnern, mailte er, dass kleine Mädchen so groß und so hübsch werden könnten, erstaune ihn immer wieder. Er müsse übrigens, schrieb er weiter, allein schon wegen der vielen Nachfragen aus Zeitgründen beim Mailen bleiben; außerdem rechne er damit, dass sie als Lehrerin ihm einen handgeschriebenen Brief korrigiert und zensiert zurückschicken werde – zumindest wiesen seine Erfahrungen mit Lehrerinnen eindeutig in diese Richtung. Er freue sich trotzdem auf ihre nächste mail und grüße herzlich.

„Macho-Arsch" war Paulas Kommentar. Damit war auch für Anna die Causa Sebastian erledigt.

Sie trafen sich regelmäßig: mal in Hannover, als Anna ihre erste feste Stelle als Studienrätin antrat, mal in Ebensberg und Umgebung bei Paulas Auftritten. Sie fuhren gemeinsam in Urlaub, feierten gemeinsam Annas Hochzeit, Paulas ersten Plattenvertrag, die Taufe von Annas Sohn. Sie trösteten einan der beim Tod von Paulas Vater und nach Annas Scheidung. Sie hielten sich telefonisch in Sachen Männer auf dem Laufenden.

Eines Nachts rief Paula an: Sie habe in den Tagesthemen einen Kommentar von Sebastian gesehen; er habe einen guten Eindruck gemacht; ob sie Kontakt zu ihm wolle? - Wollte sie nicht, das 'Stayfriends'-Abenteuer war noch in bester Erinnerung.

Dann, wie ein Blitz aus heiterem Himmel, das Unfassbare: An einem Mai-Nachmittag hatte ein alter Mann das Gas- mit dem Bremspedal verwechselt und war am helllichten Tag mit hoher Geschwindigkeit mit seinem Wagen in die Ebensberger Eisdiele gekracht: eine Tote, drei Schwerverletzte. Die Tote war Paula, sie hatte ihre Mutter besucht, war am Nachmittag Eis essen gegangen.

Anna griff nach ihrer Tasche, um noch einmal in ihr Manuskript zu sehen. Sie wollte die Rede am Grab eigentlich frei halten, aber mit dem Text in der Tasche fühlte sie sich auf jeden Fall sicherer.

„Wo ist … hast du meine Tasche gesehen?"

„Nö."

„Dann fahr mal bitte rechts ran!" Panik lag in ihrer Stimme. Gemeinsam durchsuchten Mutter und Sohn den Wagen. Nichts. Um umzukehren, war es zu spät. Sie versuchte sich damit zu trösten, dass sie wahrscheinlich die Tasche mit ins Haus genommen hatte, als sie ihre Sonnenbrille holte. Trotzdem, die Ungewissheit blieb und die Unruhe stieg mit jedem weiteren Kilometer, den sie sich von Hannover entfernten: Manuskript, Ausweis, Portemonnaie mit Papieren lagen in dieser Tasche.

Sie kamen nach Ebensbach, fuhren zum Haus ihrer Eltern. Ihr Vater kam ihr entgegen: „Musst dir keine Sorgen machen, dein Manuskript ist schon da!"

Wieso ... was...?

„Es hat jemand angerufen. Ein alter Schulfreund von dir. Wollte wissen, ob wir ein Fax haben. Haben wir ja. Dann hat er dein Manuskript durchgefaxt." Anna betrachtete das Fax. Zwei Seiten mit ihrem Text. Eine Seite mit der Adresse eines hannoverschen Hotels. Und darunter eine handschriftliche Notiz: Habe zwei Tage in Hannover zu tun. 'Tasche ist in Sicherheit, habe sie gefunden. Hoffe, das Manuskript erreicht Sie rechtzeitig. Freue mich auf einen Capuccino mit Ihnen, Gruß Sebastian Bergner'. Darunter eine Handy-Nummer.

„So ein ...". Anna verschwieg das letzte Wort und atmete auf. Am nächsten Nachmittag trafen sie sich in Hannover in einem Café. „Groß geworden", sagte sie, als sie ihn begrüßte, „ich wusste gar nicht, dass aus kleinen Mopedfahrern richtige Männer werden können."

Leider habe er das Moped nicht mehr, dafür aber einen Porsche, er brauche eben immer etwas zum Angeben, entgegnete er, ohne weiter auf ihre Retourkutsche einzugehen. „Tut mir leid, der Tod Ihrer Freundin – Paula, nicht wahr? Ich habe recherchiert über sie "

„In meiner Handtasche!", entrüstete sich Anna.

„Sie stand so einladend da am Bordstein - vor ihrem Haus, wie ich annehme. Sie wohnen sehr schön dort. Ich war im nahen Stadtwald Joggen und kam vorbei."

„Und dann schauen Sie in fremde Taschen?"

„Ich bin Journalist. Ich sah die Todesanzeige, Ihren Ausweis, das Manuskript und dachte, ich helfe Ihnen aus der Bredouille. Nichts schlimmer, als wenn man am Grabe reden will und plötzlich ins Stottern kommt. Ich kenne das vom Tod meiner Eltern. Da dachte ich, ich helfe mal."

„Danke", sagte sie.

„Bitte", sagte er. „Außerdem bekomme ich noch dreißig Euro, die ich ausgelegt habe, um damals bei 'Stayfriends' Ihre mail lesen zu können. Wir können das mit dem Capuccino verrechnen."

Sie musste lachen, obwohl ihr eigentlich zum Lachen nicht zumute war: „Immerhin haben Sie mir nach zwanzig Jahren gestern zum ersten Mal einen handgeschriebenen Brief geschickt …"

„Fax", korrigierte er, „ein Glück, dass sie im Hotel noch ein Gerät hatten. 'Brief' ist etwas übertrieben, aber ich habe mir Mühe gegeben. "Stille. Sie tranken ihren Kaffee. „Es ist schon verrückt", sagte sie dann.

„Was?", unterbrach er und winkte dem Kellner. „Ich habe noch Zeit für einen Campari, mögen Sie?" - Sie mochte. Der Kellner kam, sie stießen an.

„Es war ein langer Weg bis zu diesem gemeinsamen Drink", lächelt er, „in einem Roman von Rosemarie Pilcher würde man es Schicksal nennen. Schicksal, dem man nicht entgehen kann. Zum Wohl!"

„Und wie nennen Sie es?", fragte sie.

„Ach", sagte er, „Zufall. Was sonst?"

Gipfeltreffen

Sie waren in der Frühe aufgestiegen. Früh bedeutete für Kirch-Müller fünf, für Baruleit zehn Uhr. Um
neun hatten sie gemeinsam das Gipfelkreuz erreicht
und den Sonnenaufgang verpasst. Man müsse mit
Kompromissen leben, meinten sie und setzen sich ins
magere Gras. Der Himmel über ihnen war blau. „Immerhin, wir sind oben", sagte Baruleit.

„Vielleicht sollten wir uns für unser nächstes Treffen
den Sonnenuntergang vornehmen", entgegnete
Kirch-Müller, streckte die müden Beine aus und stützte sich mit den Händen hinter dem Rücken ab. Die
beiden alten Freunde waren mit dem Fahrrad zum
Kronsberg gefahren, hatten das letzte Stück schieben
müssen, dann die Räder erschöpft ins Gras am
Wegesrand geworfen und sich zu Fuß Schritt für
Schritt die letzten zweihundert Meter zum Gipfel des
Aussichtshügels hinaufgekämpft: 180 Meter über
Normal Null, für Männer Ende siebzig keine Kleinigkeit. Nun lag die Skyline von Hannover unter ihnen –
und dahinter der Rest der Welt. Sie trafen sich einmal
im Monat an einem schönen Platz, wo sie ungestört
miteinander reden konnten. Ein Gipfeltreffen als
Open-air-Stammtisch.

Kirch-Müller, Pastor im Ruhestand, blinzelte in den
Morgen: „Schöne Aussichten von hier oben! Die

Welt ist doch schön!" - „Das täuscht gewaltig, mein Lieber, gewaltig!" Baruleit griff in die Jackentasche und kramte einen Flachmann hervor. „Sie geht zugrunde. Und wir mit ihr, das nebenbei. Denk an Bangladesch."

„Ach", seufzte Kirch-Müller, „du immer mit deinen großen Problemen, die du nicht lösen kannst."

„Aber berechnen!" Baruleit war im früheren Leben Geologe gewesen; nun, als Pensionist, hatte er seine Leidenschaft via Internet auf die angrenzenden Fachbereiche ausgedehnt. „Wenn du zum Beispiel in Bangladesch bei Vollmond und Niedrigwasser in die Mangrovenwälder kommst, kannst du, wenn du Glück hast, die versunkenen Salzöfen aus dem Morast auftauchen sehen. Vor Jahrhunderten waren sie noch in Gebrauch, man siedete Salz darin und verkaufte es nach Indien. Damals standen sie auf trockenem Boden. Inzwischen ist alles abgesoffen; man kann an Hand der alten Öfen ausrechnen, dass das Land im Durchschnitt fünf Millimeter pro Jahr im Meer versunken ist. Ist das nicht toll?"

„Das ist eine Katastrophe", seufzte Kirch-Müller.

„Und was für eine", schwärmte Baruleit, „und an Hand der Salzöfen können wir sie berechnen!" Er schraubte den Flachmann auf, goss Cognac in die beiden kleinen Becher unter dem Verschluss, reichte einen an seinen Freund weiter. „Wir wissen, in welchem Jahrhundert der Salzhandel mit Indien blühte, und können so unsere Schlüsse ziehen." - „Aber vielleicht wirst du eines Tages ohnehin die Zeitrechnung korrigieren müssen, wenn ich bewiesen haben werde, dass ein Jahrhundert unseres Mittelalters eine Fälschung ist", sagte Kirch-Müller: „Karl den Großen, den ersten europäischen Kaiser seit der Antike, hat es in Wirklichkeit nämlich gar nicht gegeben, behaupte ich; kein Mensch konnte gleichzeitig so viele Reisen unternommen, so viele Kriege geführt, so viele Kaiserpfalzen und Kirchen gebaut haben wie dieser Karl. Nein, die Lebensgeschichte dieses Mannes haben fleißige Mönche zu Ehren des Papstes und seines Kaisers erfunden. Die Bauwerke, die sie dem großen Karl zugeschrieben haben, stammen von den alten Römern!"

„Und was machst du mit dem übrig gebliebenen Kapitel Weltgeschichte, wenn es Karl den Großen und seine Zeit wirklich nicht gegeben hat?", spottete Baruleit .

„Aus den Geschichtsbüchern streichen. Weg damit. Dann fehlen eben gute hundert Jahre, und wir stellen die Uhren entsprechend zurück. Statt auf der Höhe der Zeit zu sein, wärst du dann nur etwas zurückgeblieben. Na, was sagst du jetzt?"

„Prost!", sagte Baruleit und hob den Becher: "Zeit fürs Frühstück." Sich unter freiem Himmel bei einem guten Cognac die Welt zu erklären, sei doch ein herrliches Vergnügen, fanden die beide. - "Obwohl", schränkte Kirch-Müller ein, es einige Phänomene gäbe, die er sich nicht erklären könne.

„Frauen zum Beispiel", tippte Baruleit, „Ehefrauen im Besonderen. Die Frage heißt: Ist deine Frau ein Phänomen?"

Kirch-Müller seufzte und erzählte dann, dass seine Frau sich gemeinsam mit Nachbarinnen um Asylanten kümmere und vor deren Unterkunft ein kleines Gemüsebeet angelegt habe, genauer, ein Radieschenbeet, in der Hoffnung, die afrikanischen Flüchtlinge mit Gartenarbeit von ihren Problemen ablenken zu können. Leider habe sich ihre Hoffnung nicht erfüllt, die Radieschen seien den Nigerianern völlig schnuppe gewesen, sie habe die Knollen schließlich selber ernten und er, Kirch-Müller, sie bis zum Überdruss zu Hause essen müssen, er könne keine Radieschen mehr sehen, ohne rot zu sehen. Seine Frau habe aus seiner Radieschen-Abneigung geschlossen, er halte ihre Garten-Aktion für total blödsinnig, es fehle ihm an Wertschätzung ihres Engagements und an Respekt ihr gegenüber. Kurz und gut, das Eheklima sei mit jeder neuen Radieschen-Ernte weiter abgekühlt. Die Spannungen seien derart eskaliert, dass sie nicht mehr miteinander geredet hätten, auch die non-verbale Kommunikation hätte schließlich einen absoluten Tiefpunkt erreicht. Und dann - hier schwieg Kirch-Müller und trank einen Schluck Cognac, bevor er fortfuhr - „und dann habe ich versucht, sie umzubringen. Am Sonntag in der Frühe, während die Morgenandacht im Radio lief. Wir standen in der Küche, sie spülte das Frühstücksgeschirr, ich trocknete ab. Wir standen Rücken an Rücken. Sprachen beide kein Wort. Nicht, weil wir zuhörten, sondern weil wir nicht miteinander reden wollten."

„Die Radieschen standen zwischen euch, bildlich gesprochen", sagte Baruleit und leckte letzte Cognac-Tropfen aus dem Flachmann.

Kirch-Müller nickte. „Eine arktische Kälte kroch plötzlich in mir hoch an diesem warmen Sommermorgen, zog von den Füßen hinauf bis ins Hirn. Eine Welle von eiskalter Wut. Ganz plötzlich. Ganz unerklärlich. Ich hatte das große Ikea-Brotmesser in der Hand, sah die lange Klinge, meine rechte Hand ballte sich um den Griff. Ich wollte zustechen."

„Und? Hast du?"

„Ich nahm das Tuch, trocknete die Klinge ab, legte das Messer in die Schublade, als sei nichts gewesen. Wieso konnte das passieren?"

„Aus Rache" erklärte Baruleit und hob den Zeigefinger, als wolle er die Schafe, die am Fuße des Gipfels grasten, zu erhöhter Aufmerksamkeit zwingen: „Du wolltest ihr Schweigen brechen. Deine Frau wäre beinahe indirekt ein Opfer der Asylanten geworden. So macht uns das Flüchtlingsproblem zu schaffen! Aus Rache geschehen die wahnsinnigsten Dinge. Ich weiß von einem bulgarischen Wissenschaftler, der aus Hass auf die Ärzte und die Pharmafirmen an einem Heilwasser experimentierte, das die Menschen resistent gegen Krankheiten machen sollte. Mit diesem Heilwasserkonzentrat wollte er unsere Trinkwasserreservoire verseuchen und auf diese hinterhältige Art die Gesundheitsindustrie in den Ruin treiben. So hätte die Rache durchaus auch ihr Gutes."

Er ließ den Zeigefinger sinken, die beiden Freunde sahen schweigend hinunter zu den weidenden Schafen. „Er lebt jetzt übrigens in den USA und experimentiert dort weiter. Und ich sage dir, der Präsident trinkt jeden Tag ein Pröbchen von diesem Zauberwasser. Schau dir sein Gesicht an, dann weißt du Bescheid! Wer kann angesichts der weltweiten Katastrophen noch so unbeschwert so ein Gesicht machen! Für den Rest der Welt ist das Wasser unbezahlbar. Der Rest der Welt hat nichts zu lachen."

„Die Frage bleibt – wie konnte mir das passieren? Ich liebe doch eigentlich meine Frau, warum wollte ich sie dann umbringen? Kirch-Müller legte sich zurück und sah hinauf in den Himmel, als erwarte er von dort eine Antwort. Sie ließ auf sich warten.

„Wir können nicht alle Rätsel lösen, nicht heute wenigstens", gähnte Baruleit.

Fazit: Man habe die wesentlichen Standpunkte ausgetauscht, die bestehenden Meinungsverschiedenheiten angesprochen, der Cognac sei gut gewesen, nun müsse man sich irgendwann wieder auf den Weg nach unten machen - und am besten aufrecht. Das Gipfeltreffen endete ohne besondere Vorkommnisse.

Ende der Kampagne

Joachim Meyer trug das Verdienstkreuz unauffällig als kleine Anstecknadel neben dem Einstecktuch am Revers seines Jacketts mit dem Bewusstsein, es sich verdient zu haben. Fast fünfzig Jahre lang hatte er gearbeitet, sich für seine Mitmenschen eingesetzt, war ein braver Ehemann und Vater gewesen, hatte seine Söhne heranwachsen sehen und die Enkelkinder auf den Knien geschaukelt.

Ich bin offiziell was man einen honorigen Mann nennt, schmunzelte er beim letzten, kontrollierenden Blick in den Spiegel, nahm das kleine Schnapsglas, prostete dem weißhaarigen Herrn mit dem spitzbübischen Lächeln zu, nahm einen Schluck, gurgelte damit und genoss, wie der Wodka die Kehle hinab in den Magen rann. Soweit, so gut. Jetzt fehlte nur noch ein morgendlicher Kick vor dem zweiten Frühstück: dieser Nervenkitzel, den ihm kein Kaffee ersetzen konnte. Er nahm eine Einkaufstasche, fuhr mit dem Fahrstuhl acht Stockwerke nach unten, setzte sich auf sein altes, klappriges Damenfahrrad und radelte los. Er kam sich vor wie ein Jäger auf der Pirsch. So nannte er es. Ein Hausdetektiv würde es vielleicht anders bezeichnen, sofern er ihn auf frischer Tat erwischte. Doch das war bisher noch nicht der Fall gewesen. Er liebte das Kribbeln, wenn er an der Kasse eines Warenhauses stand, einen kleinen Artikel zum Zahlen aufs Band legte und einen weiteren verborgen in der Tasche an der Kassiererin vorbei mogelte. Wie damals, als er zum ersten Mal zugelangt hatte.

Vor einigen Jahren hatte es mit einer Bagatelle angefangen. Sie waren im Supermarkt einkaufen gewesen. Seine Frau hatte ihn geschickt, Ingwer zu holen. Er hatte eine dicke, verzweigte Knolle gebracht.

„Was soll ich damit! Ich brauche nur ein kleines Stück, Daumen-dick.

„Aber es gibt hier nur so große Stücke."

„Dann brich ein Eckchen ab."

„Wie? Einfach so?"

„Einfach so. Abbrechen. Einstecken und fertig. Für mich!"

Er hatte eine Fingerspitze Ingwer abgebrochen, war damit gedankenlos seiner Frau gefolgt. Erst an der Kasse spürte er das Ingwerstückchen zentnerschwer in seiner Hosentasche, ging aber wortlos lächelnd weiter, ins Freie.

„Ich habe etwas geklaut", stellte er draußen überrascht fest, „zum ersten Mal in meinem Leben."

„Es war nicht das erste Mal!"

„Was sagst du?!

„Du hast immer schon geklaut. Zum Beispiel Zigaretten. Heimlich den Freunden aus den Schachteln gemopst!"

„Weil ich mir das Rauchen abgewöhnen und mir keine eigenen Packungen kaufen wollte, um nicht so viel zu qualmen. Das ist hundert Jahre her. Das zählt nicht."

„Mein Lieber, du hast eben Talent und klaust sehr gekonnt. Wie du so elegant den Ingwer-Schnipsel hast mitgehen lassen, das hatte schon was!", scherzte sie.

Damit war für sie die Sache abgetan. Für ihn nicht. Er hatte dieses seltsame Kribbeln noch in Erinnerung, das er gespürt hatte, als er etwas Ungehöriges versucht und geschafft hatte. Dieses unerwartete Erfolgserlebnis, verbunden mit der Erleichterung, nicht erwischt worden zu sein, setzte eine Art Glücksgefühl frei, dessen er sich eigentlich hätte schämen sollen, das er aber genoss.

Drei Tage später legte er seiner Frau neben den Artikeln von der Einkaufsliste eine Artischocke auf den Küchentisch. „Die solltest du nicht kaufen", sagte sie.

„Hab ich ich auch nicht. Hab' ich geklaut. Für dich!"

„Du hast sie einfach ...?"

„Mitgehen lassen. In den Supermärkten rechnen die Kassierer so oft falsch ab, dass ich mich berechtigt fühlte, auch einmal etwas falsch mitzunehmen – als Akt der ausgleichenden Gerechtigkeit sozusagen." Das war nur die halbe Wahrheit. Die andere Hälfte war die pure Lust, es wieder einmal auszuprobieren und als ehrenwerter, gepflegter, weißhaariger Achtzigjähriger mit einer geklauten Artischocke unter dem über dem Arm gefalteten Sommermantel die Grenze der Wohlanständigkeit zu durchbrechen – und sich dabei sauwohl zu fühlen.

„Pass auf, dass das nicht zur Sucht wird", lachte sie, „womöglich liegt der Drang, heimlich etwas mitgehen zu lassen, bei dir in der Familie!"

Er musste an seine Eltern denken, die damals, nach dem zweiten Weltkrieg, sich mühsam durchgeschlagen hatten: Kohlen von Lastwagen geklaut, nachts heimlich Erdbeeren auf fremden Feldern gepflückt. Und dann das Schärfste: als sie bei Bekannten zum Nachmittagstee eingeladen waren und seine Mutter zu ihrer Überraschung bemerkte, dass der Kaffeetisch mit den in den letzten Kriegstagen verloren gegangenen Silberlöffel und Kuchengabeln mit dem Monogramm ihrer Familie gedeckt war. Vater und Mutter hatten nicht lange gezögert und ihre beiden Löffel und Gabeln in einem Moment der Unachtsamkeit ihrer Gastgeber heimlich eingesteckt. Zu ihrer Überraschung wurden sie bald schon wieder eingeladen, das gleiche Zeremoniell, wieder nahmen sie heimlich zwei Gabeln und Löffel mit. Fast schien es so, als nutzten die Gastgeber mit den sich häufenden Einladungen die Gelegenheit, auf diese stumme Weise Löffel und Gabel an die rechtmäßigen Besitzer zurück zu geben. Vater und Mutter hatten sich

noch Jahre später dieser unorthodoxen Methode ge-
rühmt, mit der sie schließlich in aller Stille ihr Kaffee-
besteck komplettiert hatten – ohne die geringsten
Gewissensbisse.

„Es ist keine Sucht, aber eine Art Vergnügen", gab
er zu, „ich klaue auch nur in kleinem Rahmen, just for
fun!"

Seine Frau hatte ihn mit einem ungläubigen Blick
angesehen und sein Geständnis dann als Scherz
weggelächelt. Das Lächeln wäre ihr vergangen, hätte
sie in seinen Schreibtisch gesehen, an dem er in letzter Zeit nur noch saß, um die Sammlung seiner nicht
essbaren Beutestücke zu betrachten: Trillerpfeifen,
Abzeichen, Kugelschreiber, Blumensamen, Taschen-
bücher – alle sorgfältig beschriftet mit den Daten
'Wann' und 'Wo', ein kleines Museum seiner abarti-
gen, späten Leidenschaft. Neben den verschiedens-
ten Geschäften war auch das städtische Ordnungs-
amt vertreten, wo er einen amtlichen Stempel stibitzt
hatte, der nun der ganze Stolz seiner Sammlung war.

Heute hatte er Brötchen gekauft und dabei nur
eine Packung Keks 'mitgenommen', und radelte nun
heimwärts. Er nahm es mit den Verkehrsregeln nicht
so genau – als habe sein Einkaufsverhalten auf sein
Verhalten im Verkehr abgefärbt. Er nahm den kurzen
Weg nach Hause und wollte unbekümmert nach links
abbiegen, da stoppten ihn zwei Polizisten. Auch sie
waren mit dem Fahrrad unterwegs und sahen in ih-

rem sportlichen Radlerdress recht unternehmungslustig aus. Sie hielten ihn an.

„Schade, ich war so schön in Fahrt!"

„Aber auf der falschen Seite. Links fahren ist verboten."

„Ich wohne dahinten auf der linken Seite!"

„Dann müssen Sie trotzdem auf der rechten Seite bis dahin fahren. Ihren Führerschein bitte!"

„Wozu brauche ich einen Führerschein, ich bin mit dem Radel da."

„Dann Ihren Personalausweis."

„Ich nehme doch zum Brötchenholen keinen Ausweis mit!" Er hielt den Beamten zum Beweis seine Einkaufstasche unter die Nase: „Alles gekauft, nur die Kekse sind geklaut!"

„Ein Witzbold, der Herr", nickte der eine Polizist seinem Kollegen zu und verharrte einen Augenblick vor Meyers Gesicht: „Haben Sie Alkohol getrunken?"

„Weniger getrunken, mehr gegurgelt. Das mache ich immer. Wodka am Morgen vertreibt Kummer und Sorgen."

Die Herren Polizisten wurden amtlich: „Seien Sie froh, wenn wir Sie nicht mit zur Blutprobe nehmen! Ihren Namen, bitte."

„Meyer"

„Können Sie sich nicht etwas Originelleres ausdenken?!"

„Ich heiße so. Joachim Meyer, zum Donnerwetter!"

Nun war auch ihm nicht mehr zum Scherzen zumute, besonders, nachdem die Ordnungshüter ihm gesagt hatten, sie würden ihn zwecks Feststellung der Personalien in seine Wohnung begleiten – und zwar mit geschobenem Fahrrad.

Dann könne er ja als Fußgänger auf der linken Seite bleiben, schimpfte Meyer und schob los.

Er wohne im achten Stock, sagte er vor dem Haus. Der Fahrstuhl sei kaputt. Es werde dauern, bis sie oben seien, er sei nicht mehr der Jüngste, sie müssten sich überlegen, ob sie trotzdem mitkommen wollten. Die Herren ließen sich nicht erweichen, sie waren gut trainiert. Meyer hingegen fiel das Treppensteigen schwerer, als er gedacht hatte. Im sechsten Stock rauschte der Fahrstuhl vorbei; Meyer ignorierte ihn, musste sich aber keuchend am Geländer abstützen und Pause machen. Die Polizisten sahen einander vielsagend an. Schließlich erreichten sie die Wohnungstür, eine Frau öffnete.

„Frau Meyer?"

„Was ist passiert? Mein Mann ist ja völlig außer Atem!"

„Ich war einkaufen", keuchte Herr Meyer.

„Und was soll die Polizei? Hast du etwa wieder ...? Und bist endlich erwischt worden??!"

Joachim Meyer nickte.

„Das ist also Ihr Gatte", stellten die Polizisten fest. „Ja, wir haben ihn auf frischer Tat 'erwischt'. Normalerweise wären jetzt zwanzig Euro für eine Ordnungs-widrigkeit fällig, aber …" - sie wandten sich an Herrn Meyer - "wenn Sie versprechen, dass so etwas nicht wieder vorkommt, wollen wir mal Gnade vor Recht ergehen und angesichts Ihres Alters das Treppenstei-gen als Buße gelten lassen."

Die Ordnungshüter stiegen abwärts.

„Wie konntest du nur!", schimpfte Frau Meyer, „ein honoriger Mann in deinem Alter! Trägt das Verdienst-kreuz und - ich glaub' es einfach nicht!"

„Ich tu's nie wieder!", versprach er und fiel seiner Frau um den Hals. „Nie wieder! Versprochen!"

Künstlerliebe

„Hast du Sonntag vormittag schon was vor?", fragte mich Punczak.

„Das hängt vom Samstagabend ab – wahrscheinlich ausschlafen."

Er lächelte mich verschwörerisch an, als mache er mir einen ganz verwegenen Vorschlag: „Wir gehen in die Kirche. Es kostet nichts!"

Ich glaubte mich verhört zu haben: „Wohin? Küche oder Kneipe, was hast du gesagt?"

„Kirche", wiederholte er und grinste. „Da ist sie! Kairi! Du wirst staunen!!" So viele Ausrufungszeichen in einem einzigen Punczak-Atemzug erstaunten mich wirklich. „Sie ist so ... so ..."- seine Begeisterung schien wie ein Klotz auf seinem Wortschatz zu liegen und alle lobenden Adjektive unter sich zu erdrücken - „sie ist einfach ... ja!"

„Aha", sagte ich, „nun mal ins Reine. Du hast dich in eine Pastorin verknallt."Er schüttelte den Kopf und lächelte. Dieses blödsinnige Lächeln bei einem Strizzi in den Sechzigern begann mich aufzuregen. „Du willst doch in die Kirche!"

„Aber erst nach der Kirche. Zum Konzert."

Nach und nach löste sich das Rätsel. In der Friedenskirche gab es nach dem Gottesdienst Kaffee für die Besucher und danach manchmal ein kleines Konzert, so auch am besagten Sonntag. Und sie, die schwer beschreibbare Kairi war beteiligt. Mir war Punczaks Liebe zur klassischen Musik bislang verborgen geblieben.

„Was gibt es denn?", fragte ich.

„Ach!", wischte er meine Frage weg und versank wieder in seine lähmende Begeisterung.

„Und was spielt sie?"

Er sah mich an: „Sie ist am Klavier! Ich habe sie schon in der Musikhochschule ein paar mal gesehen, immer am Klavier. Sie macht das so ... so ..."

„Ich weiß", sagte ich, „sie ist also Pianistin."

„Kann sein, aber nicht direkt, sie ist ..."

„Am Klavier!" Mir wurde klar, dass Punczak von klassischer Musik nicht den Funken einer Ahnung hatte. Kairis Anziehung musste auf anderem Gebiet liegen. Er hatte einen verdächtigen Glanz in den Augen und lächelte. Weitere Fragen hatten keinen Zweck. Wir vertagten uns auf den nächsten Vormittag in der Friedenskirche.

Während der Predigt schlief Punczak; wir saßen in der letzten Stuhlreihe als ein fremdes, seltsames Paar und tranken anschließend im Vorraum Kaffee und aßen Kekse.

„Lass uns in den Zuschauerraum gehen", drängte Puczak nach der dritten Tasse, damit wir einen Platz finden, von dem aus wir gut sehen können." Wir gingen zurück in den Kirchenraum. Vor den Stufen zum

Altar prangte ein Flügel. Punczak probierte verschiedene Plätze aus, ehe wir uns setzten. „Hier kann ich dir besser erklären", erklärte er, „und gut sehen können wir auch." Mir war nicht klar, was er erklären wollte. Ich las den Programmzettel: 'Wanda Petrowitsch (Cello) und Henrik Brosam (Piano) spielen klassische Stücke für Cello und Klavier von Mozart, Bach, Gluck, Händel, Tartini, Hummel, Beethoven und Schubert. Mir schwante, dass es ein längerer Vormittag werden würde – ohne das übliche ausgiebige Sonntagsfrühstück keine erfreuliche Aussicht. Entsprechend kühl reagierte ich:

„Deine ... wie heißt sie? ... spielt gar nicht mit."

Er ließ sich nicht erschüttern: „Spielt Brosam?"

„Ja!"

„Dann ist sie am Klavier, hundertprozentig. Das war bisher immer so. Kairi Sagong heißt sie und stammt aus Korea."

Vielleicht spielen sie vierhändig, vermutete ich, seltsam nur, dass ich sie nicht auf dem Programmzettel fand; vielleicht war sie einfach vergessen worden. In Puczaks Hirn jedenfalls war ihr Name eingebrannt, das war ihm genug. Brosam, ein Mann von etwa dreißig Jahren, im dunkelbraunen angeknitterten Anzug, erschien, legte einen Stapel Noten auf dem Flügel ab und verbeugte sich.

„Und wo bleibt sie?" - Punczak klopfte mir aufs Knie: „Sie kommt immer im letzten Moment."

Brosam fuhr sich mit der Hand durch sein zerzaustes Haar. Leider sei Frau Petrowitsch erkrankt und man habe so schnell keinen adäquaten Ersatz beschaffen können. Folglich würden nicht Mozart, Bach, Gluck, Händel und Tartini und auch nicht Hummel, Beethoven und Schubert zu hören sein können. – Ich atmete auf, zu früh allerdings. – Stattdessen, fuhr er fort, erlaube er sich, sechzehn selbst komponierte Stücke, Mazurken und Romanzen vorzutragen; hierbei wedelte er demonstrativ mit einem beträchtlichen Stoß Notenblätter. Einige rutschen aus der Mappe und fielen auf den Boden. Während Brosam quasi lentissimo zu Boden gehen wollte, um die Papiere einzusammeln, stöckelte von der Seite eine junge Frau im engen schwarzen Kleid heran, ging in die Knie, hob die Noten vom Boden auf und übergab sie dem Pianisten mit einem Blick, als wolle sie sich dafür entschuldigen, das ihm, Brosam, die Noten entglitten waren.

„Wie schön", seufzte Punczak und seine Hand tätschelte mein Knie, „hast du diesen Blick gesehen? Ist sie nicht unglaublich?"

Brosam hatte sich gesetzt und die ersten Noten zurecht gelegt. Sie stand jetzt an seiner linken Seite am Flügel. Er blickte zu ihr auf. Sie schenkte ihm ein Lächeln, das Punczak sechs Meter weiter mit einem hörbaren Seufzer beantwortete: „Hast du dieses Lächeln gesehen? Das ist ... das ist ... unglaublich."

Brosam begann zu spielen; seine Finger glitten wie Schmetterlinge über die Tasten; seine Komposition interessierte mich nicht, doch seine Fingerfertigkeit imponierte mir.

„Schau wie sie schaut", sagte Punczak und bearbeitete mein Knie als schalte er damit einen Sportwagen, „na, was sagst du?"

„Sie ist in den Pianisten verliebt", entgegnete ich.

„Noch", sagte er, „noch!"

Kairi hatte den Blick von den Noten weggelenkt und strahlte Brosam an, wie nur Verliebte strahlen können. Der Pianist bearbeitete wild die Tasten, warf nur gelegentlich kurze Seitenblicke auf die Frau an seiner Seite, nickte ihr schließlich ermutigend zu, was Kairi mit einem warmen Blick beantwortete. Punczak seufzte.

„Sie soll umblättern", flüsterte ich und handelte mir weitere kritische Blicke aus der Vorderreihe ein, „dazu ist sie doch da!" Das schien auch Brosam zu denken, sein Nicken wurde heftiger, zugleich schien sein stürmisches Spiel ins Wanken zu geraten. Kairi beugte sich erschreckt vor – „Ach", stöhnte Punczak – und blätterte um, ihre Finger schienen das Notenblatt dabei zu streicheln, dann richtete sie sich wieder auf und lächelte.

Meines Erachtens war sie nicht gerade eine ideale Umblätterin, doch mein Erachten trübte Punczaks Begeisterung in keiner Weise. Ich saß missmutig vierzehn Stücke ab, Bromsams Romanzen konnten mich nicht in Stimmung bringen; nach zwei unverlangten Zugaben war endlich Schluss. Es war kurz vor eins, höchste Zeit, um im Eilschritt bei „Da Angelo" aufzulaufen, um sich die Reste seines Frühstückbüfetts einzuverleiben.

„Ist sie nicht unglaublich", wiederholte Punczak mit vollem Mund; seine Begeisterung für die junge Dame und das Essen schien keine Grenzen zu kennen. Er aß und erzählte, wie er Kairi kennengelernt hatte: Er habe sich vor einem Regenguss zum nächstliegenden Haus geflüchtet, einem stadtbekannten Klavierhaus, in welchem gerade ein Konzert stattfand. Es war Pause, Raucher standen vor der offenen Tür unter dem Vordach, es gab gratis Wein und Brezeln. Er habe sich sofort zugehörig gefühlt und sei dann, fasziniert von der lächelnden Umblätterin bis zum Ende geblieben. Anschließend habe er den Pianisten gefragt, wo sie beide das nächste Mal aufträten. 'Wieso beide?', habe Brosam entgegnet und ihn seltsam angeschaut, das Autogramm aber, um das er ihn gebeten habe, mit Freude gegeben.

Darauf habe er, Punczak, sich an die junge Frau gewandt: „Bitte auch Sie! Wenn schon, denn schon!" Sie habe ungläubig gekichert und schließlich ihren Namen geschrieben. 'Kairi' sei koreanisch und heiße soviel wie 'weites Meer'. Dann habe sie ihn angelächelt und angeschaut und wie in einem weiten Meer sei er in ihren Augen versunken. Sie studiere an der Musikhochschule, Klavier wahrscheinlich, ihn interessierten nur ihr Lächeln und ihre Blicke; seit dem Tag verfolge er sie – und zwangsläufig auch Brosam. Gesprochen habe er, bis auf die wenigen Worte im Musikhaus, noch nicht mit ihr, aber seitdem kein Brosam-Konzert ausgelassen: So sehr wünsche er, in ihrem Blick zu ertrinken, von ihrem Lächeln liebkost und ihren Fingern gestreichelt zu werden wie ein Notenblatt.

„Du spinnst!", unterbrach ich seine poetischen Anwandlungen. "Weißt du, wie das endet?"

„Ja", sagte Punczak, „ich sehe, wie sie diesen Brosam anbetet. Sie wird ihn auf seinen Konzertreisen als Umblätterin begleiten, wird ihn anfeuern, Karriere zu machen. Und eines Tages, mit zunehmender Berühmtheit, wird er seine Stücke auswendig spielen – damit wird sie überflüssig und das gemeinsame Glück ist zu ende. Und dann ..."

„...und dann, falls du noch lebst, lächelst *du* sie an und tröstest sie", lachte ich ihn aus. Punczak lachte nicht mit.„Lass mich doch träumen", sagte er, „mehr ist es ja nicht als ein wärmender Traum an kalten Wintertagen."

Paul

Er lief durch den nasskalten Stadtwald. Neben dem Spazierweg behaupteten Bärlauch und Buschwindröschen, es sei Frühling. Wie zum Hohn lachte ein Rest von blauem Abendhimmel durch die ersten spärlichen grünen Buchenblätter. Emil fror, obwohl er innerlich vor Wut kochte. Wut auf seine Frau und ihre ständigen Kommentare und Bevormundungen. Wie eben, als sie ihn beim Verlassen der Wohnung mit der Frage aufgehalten hatte, ob er im Stadtwald in diesen albernen dreiviertellangen Hosen und dem dünnen Swearshirt jemandem imponieren oder sich einfach nur erkälten wolle: „Zieh wenigstens eine Jacke über, dann sieht man deinen Bauch nicht so. Außerdem ist es schweinekalt draußen und es regnet gleich." Statt einer Antwort war er losgelaufen.

Das eigentliche Ärgernis bestand in der Tatsache, dass sie natürlich Recht hatte. Sie hatte seit vierzig Jahren Recht. Zu Anfang seiner Ehe war ihm das nicht so aufgefallen, doch in den letzten Jahren, seit er Pensionär war, machte es ihm zu schaffen. Er konnte keine Dummheit begehen, ohne dass sie ihn davor bewahren wollte. „Meinst du etwa, ich sage das, um dich zu ärgern?" - Ja, dachte er und wusste zugleich, dass sie es aus Liebe zu ihm tat. Aus Liebe, versehen mit diesem Funken Bosheit, der sofort Wut in ihm entfachte – wie dieser überflüssige Hinweis auf seinen Bauch, zum Beispiel, der in Wirklichkeit alles andere als ein typischer Bierbauch sondern bestenfalls eine magere Andeutung eines solchen war, die einem Mann in seinen Jahren gut zu Gesichte stand.

Der Mann in seinen Jahren spürte erste Regentropfen durch sein Sweatshirt dringen. Die Schritte wurden ihm schwer, er war zu schnell losgelaufen, nun musste er mühsam Schritte und Atemzüge in Einklang bringen. Auf eins-zwei-drei-vier einatmen und auf eins-zwei-drei-vier ausatmen. Seine Schritte wurden kürzer. Und er hatte die gute Hälfte seiner Strecke noch vor sich. Zweihundert Meter vor ihm wartete ein Paar auf dem Weg, als sähe es zu, wie er schwer atmend langsam näher kam.

„Paul!", rief die Frau in seine Richtung. Wahrscheinlich meint sie ihr Enkelkind, das wahrscheinlich irgendwo im nahen Gebüsch störrisch ausharrt und die Großeltern warten lässt, dachte Emil und musste dabei unwillkürlich an den eigenen Enkelsohn denken.

„Paul!", rief die Frau erneut. Paul ließ sich nicht blicken. „Wo bleibt dieses Miststück wieder!", schrie ihr Begleiter in den dunkler werdenden Wald hinein. Er trug eine gelbe Regenjacke mit spitzer Kapuze, sah an der Seite seiner Begleiterin aus wie ein übergroßer Gartenzwerg, der seine linke Faust um eine

Hundeleine ballte. Die Frau hatte inzwischen einen Schirm aufgespannt. „Paul!", flötete sie.

„Na sowas", grinste Emil und hielt beim Laufen nach dem Tier Ausschau. In einiger Entfernung buddelte ein kleiner Hund voller Hingabe mit den Vorderpfoten ein Loch in den Waldboden, Dreck flog zur Seite; der kleine Terrier ließ sich weder durch Geschrei noch Flötentöne stören.

„Nun komm doch, Paul", sagte die Frau wie zu sich selbst, als habe sie die Hoffnung aufgegeben, dass der Hund heute noch gehorchen würde.

„Siehst du, er kommt nicht, der Scheißkerl!", schrie der gelbe Zwerg seine Frau an und drohte vergebens mit der Hundeleine.

Beim Näherkommen entdeckte Emil, dass unter dem Schirm ein freundliches Gesicht und zu einem Pferdeschwanz gebundene graue Haare sichtbar wurden, während die Frau den Kopf drehte und nach dem Hund Ausschau hielt. „Paul, komm!" Es klang wie eine Bitte. Emil verlangsamte seine Schritte, bis er vor der fremden Frau beinahe zum Stehen gekommen war

„Komme schon", keuchte er ihr entgegen, „ich bin nicht mehr der Jüngste, wissen Sie!"

Er sah ihr Gesicht, das zu einem Lachen aufblühen wollte, bevor sie eine Hand vor ihren Mund schlug, so dass nur ein Zucken ihrer Mundwinkel sichtbar blieb. Sie sah kurz zu ihrem Mann herüber.

„Was soll der Quatsch!", knurrte der.

„Wau", antwortete Emil mit größter Höflichkeit und nickte freundlich.

Nun ließ sich der Lachanfall der Frau nicht mehr unterdrücken. „Paul, du Scheißkerl!", schrie der Mann los. Emil blieb stehen. „Na warte, ich hol dich jetzt, du Mistvieh!", rief der Ehemann an Emil vorbei in den Wald, wartete einen Augenblick, und da weder Hund noch Emil sich rührten, stapfte er an seiner Frau vorbei ins Gebüsch.

"Es regnet, Sie werden nass." Die Frau hob ihren Schirm mit einer einladenden Bewegung, Emil trat unter ihr Regendach. „Danke." Im entfernten Gebüsch zeterten Herr und Hund.

„Kommen Sie", sagte sie unvermittelt und wandte sich zum Gehen.

„Wohin?", wollte Emil fragen, sagte aber nur „gut" und ging mit.

Er bot ihr an, den Schirm zu tragen, sie hängte sich bei ihm ein, sie gingen schweigend wie ein altes Paar; nur Emils dünne Jogging-Kluft und ihr Wintermantel erzählten vom Gegenteil.

„Paul, welch ein Zufall ist es, dass Sie gerade vorbei kamen, als ich 'Paul' rief." -„Das war kein Zufall", entgegnete Emil; dass es ein Scherz gewesen war, verschwieg er wie seinen eigenen Namen.

„Dann nennen wir's Fügung", sagte sie und drückte seinen Arm. Er hatte das Gefühl, als beschleunige sie ihre Schritte. Ihm war es Recht, denn er fror in seinem durchnässten Hemd.

„Mein Mann hat den Hund für sich gekauft. Es ist inzwischen der dritte. Immer ein Rüde. Immer nennt er ihn Paul. Den ersten bekamen wir zwei Jahre nach unserer Hochzeit, vor unserem ersten Kind. Damals meldete sich noch ab und zu Paul bei mir, ein früherer Freund, meine erste große Liebe. Natürlich war das längst vorbei, als wir heirateten, aber mein Mann blieb eifersüchtig. Auf ihn oder auf mein früheres Glück, wer weiß. Es schien, als wolle er sein Minderwertigkeitsgefühl gegenüber Paul, das sich zu Hass auswuchs, über den Hund abreagieren. Er beschimpft Paul und meint damit mich. Als könne er mir nicht verzeihen, dass ich einmal grenzenlos geliebt habe und geliebt worden bin, wie später nie mehr. Nun sind wir achtunddreißig Jahre verheiratet, haben Enkelkinder – und immer noch kann er mir 'Paul' nicht verzeihen. Verstehen Sie das, Paul?"

„Nein", sagte Emil und kam sich wie ein Lügner an ihrer Seite vor. Sie gingen schweigend. Er zitterte vor Kälte. Natürlich hatte seine Frau Recht behalten, er würde sich eine Erkältung holen. Unwillkürlich drängte er sich etwas näher an die Fremde an seiner Seite heran, um sich zu wärmen. Sie ließ es geschehen. Es goss in Strömen. Es störte die beiden nicht.

„Wie weit wollen wir gehen?", fragte er und korrigierte sich sofort: „ich meine, wie weit voraus?"

Sie sah ihn kurz an und lächelte: „Bis ans Ende. Dann nach links, dort gibt es einen Ort zum Aufwärmen."

Er überlegte krampfhaft, um welchen Ort es sich wohl handeln könne; er kannte keinen außer dem Dorinth-Hotel in der Nähe. Er wünschte sich nach Hause, trotz der zu erwartenden Predigt seiner Gattin. Was tun? Weglaufen? Was war das für eine Frau, die ihren gelben Zwerg mit Hund ohne Erklärung einfach im Wald stehen ließ, um mit einem fremden, dickbäuchigen durchnässten Jogger davon zu rennen. Womöglich ins Hotel? Das konnte nicht wahr sein.

Es war wahr. „Wir gehen ins Dorinth", sagte sie wie nebenbei, „machen Sie sich keine Sorgen wegen Geld, ich habe alles dabei."

Weglaufen, durchfuhr es ihn, auf dem schnellsten Wege nach Hause. Aber wie hinkommen? Emil fühlte sich wie Paul an der Leine, einer sehr kurzen Leine. Er spürte ihre Hand auf seiner Hand, die den Schirm trug und ihm schwer wurde.

„Ich kann den Schirm tragen", sagte sie. Er wehrte ab. Konnte sie hellsehen, hinein in seine Gedanken? In welche Situation hatte er sich da manövriert?

„Sie wundern sich über mich", sagte sie, „ich will Ihnen erklären, warum Sie sich nicht wundern müssen." Sie habe nur noch eine sehr beschränkte Zeit zu leben, erklärte sie, nur ihr Arzt, sie und er, Paul, wüssten es zur Zeit ...„Emil", unterbrach Emil, hauptsächlich heiße er Emil.

„Auch gut!" Sie stellte sich ihm als Emma vor; 'Emil und Emma', das klinge ja wie eine Schnulze im Kino, witzelte sie und wurde dann wieder ernst. Jetzt, da sie sich öfter Gedanken mache über den Rest ihrer Zeit wolle sie nicht aus der Welt gehen, ohne einmal etwas Verrücktes getan zu haben. Sie sei immer eine brave, treue Ehefrau gewesen, doch als ihr heute ein neuer Paul zugelaufen sei, habe Sie die Eingebung gehabt – jetzt oder nie: Einmal etwas Überraschendes, Ungeahntes tun. Mit einem fremden Menschen ein paar Stunden in einem Hotelzimmer verbringen. So oft habe sie davon geträumt und hätte sich nie getraut.

Sie standen vor dem glänzenden Hotel. Sie klappte den Schirm zusammen. Sie sah plötzlich klein und mutlos aus. Hilfsbedürftig. „Dann sagen wir jetzt mal besser Tschüs, es ist vielleicht ein bisschen viel Verrücktheit auf einmal für uns beide", sagte sie und wollte umkehren.

„Kommen Sie" , sagte Emil, „Ich bin wie Sie. Auch ich bin bis heute ein braver, treuer Ehemann, auch wenn ich oft von Abenteuern geträumt habe. Ich verstehe Sie gut." Er bot ihr seinen Arm, nahm den Schirm wie ein Gepäckstück in die andere Hand und schritt mit Emma hinein ins lichtdurchflutete Foyer, als trüge er Smoking und Lackschuhe. Sie buchten ein Doppelzimmer für eine Nacht. „Eigentlich müsste ich meine Frau anrufen, die macht sich sonst Sorgen, wo ich bleibe", sagte Emil, als sie im Zimmer waren, und klapperte vor Kälte mit den Zähnen. „Aber zuerst nehme ich eine heiße Dusche, wenn sie gestatten."

Ihr Mantel hing über dem Stuhl, sie lag im Bett, als er im weißen hoteleigenen Bademantel aus dem Badezimmer trat. „Wie weiland Udo Jürgens nach seinen Konzerten vor der Zugabe", lachte sie und schlug die Decke auf seiner Bettseite einladend auf: „Bitte sehr!"

Er stieg zu ihr ins Bett. „Bis meine Sachen etwas angetrocknet sind."

Sie lagen schweigsam neben einander im hellen Zimmer und starrten auf das große tote Fenster. Ob er das Licht löschen solle. Sie nickte. Im Fenster begann die Nacht mit Lichtern zu spielen. „Lass uns nur von uns erzählen", bat sie. Und sie erzählten ...

Sein und Schein

Hans-Peter Bardt lehnte sich aus dem Liegestuhl, legte das Textbuch auf den Balkonboden, nahm einen Schluck Caffè-latte, knabberte am Schokoladenkeks, lehnte sich wieder zurück und memorierte seinen Text: *„Du weißt doch, ich liebe nur dich. Das weißt du doch"* und dabei hatte er der jungen Geliebten das Hemdchen über den Kopf zu streifen und mit ihr aufs Bett zu fallen, bevor sie etwas sagen konnte. Das war ein Fehler, wie sich herausstellen sollte, denn sie wollte sagen, dass ihr Freund, der Wind von ihrem Verhältnis bekommen habe, im Anmarsch sei. Dann gab es, wie in Komödien dieser Art üblich, das nötige Tohuwabohu; schließlich verzichtete der ältliche Verführer und wandte sich dahin, wohin er laut Drehbuch gehörte: an die Seite seiner Ehefrau, auf die er im Grunde nie hatte verzichten wollen.

Immer dasselbe. Er schien prädestiniert für derartige Rollen zu sein. Kassel, Heidelberg, Berlin, Hamburg, andere Städte, ähnliche Stücke – und immer er als der charmante Verführer; niemand konnte am Ende so elegant Verzicht leisten wie er – mit diesem einzigartigen, melancholischen Lächeln. Er sei eine Idealbesetzung für solche Typen, hatte ihm einmal ein Regisseur gesagt: „Schon ein bisschen drüber, aber immer noch eine elegante Erscheinung, das ist die Mischung, auf die Frauen ab fünfzig stehen."

Er blinzelte in die milchige, frühe Septembersonne. „Ein bisschen drüber" - immer wieder kam ihm das verhasste Kompliment in den Sinn - „ein bisschen drüber, aber immer noch eine elegante Erscheinung" - das hatte weh getan. Inzwischen hatte er sich damit abgefunden. Sein Leben glitt gemächlich dahin. Er wollte nichts mehr von Frauen, und genau deshalb wollten sie ihn – zumindest lief es so in den Stücken, die er spielte. Und da er gut aussah, groß, schlank, sanftes Gesicht, würde er seine Rolle noch Jahre weiter spielen können.

Manchmal sah er sich als Litfasssäule voller aufregender Plakate, deren Aktualität schon vorüber war – Versprechungen mit überschrittenem Verfallsdatum. Ob es ihm nicht langweilig werde, immer diese Typen zu spielen, hatte ihn vor Jahren seine Frau gefragt, eine rhetorische Frage; ehe er hätte antworten können, war sie schon in ihrem Atelier verschwunden. Sie war Malerin, manchmal malte sie ihn, ganz in Weiß, den weißen Hut schwenkend am weißen Strand vor einem dunklen Meer. Das waren ihre Gemeinsamkeiten: Sie malte, er half ihr bei den Ausstellungen, ansonsten lebte jeder für sich allein in ihrer großen gemeinsamen Wohnung. Kinder hatten sie keine haben wollen, das Geschlechtliche spielte in ihrem Leben keine große Rolle mehr. Bis er eines Ta-

ges die Kuh gesehen hatte. Sie stand in Lebensgrö-
ße auf einem kleinen Balkon in der Heidelberger Alt-
stadt: ringsum Weihnachtsdekoration, es war Dezember letzten Jahres gewesen, und dann eine Kuh,
weiß-gefleckt und schön und riesengroß und unüber-
sehbar. Sie hatte zu ihm herüber geglotzt und er war
fasziniert gewesen von diesen Kuhaugen mit den langen Wimpern und hatte den Blick davon nicht wenden können. Leider war er dabei weitergelaufen und
mit vollem Schwung gegen eine Straßenlaterne – Ju-
gendstil, auch schön, aber eisern. Der Schlag traf ihn
neben der Schläfe an der rechten Augenbraue. Die
Brille zerbarst, Blut floss in Strömen, er ging in die
Knie, Passanten hoben ihn auf, brachten ihn in die
nächste Ambulanz: Braue genäht, Auge heil, Brille
hin, sonst alles Paletti.

Er hatte damals, ganz gegen seine Gewohnheit,
nach der Vorstellung etwas getrunken. Das musste
der Grund gewesen sein, dass ihn die Kuhaugen hatten derart ablenken können, dass er zu Fall gekommen war. Ein Sündenfall. Denn während er wegen
der folgenden Gehirnerschütterung das Bett hüten
musste, ließ ihm nachts der Blick aus diesen Augen
keine Ruhe: eine Frau mit diesen Augen, fantasierte
er, sei das Maß aller Dinge. Nach einer Woche und
fünf ausgefallenen Vorstellungen der Ayckbourn-Ko-
mödie, in der er die Hauptrolle spielte, war der
Wunschtraum ausgeträumt: Keine Fantasien mehr im

wirklichen Leben, nur im Theater. Das Handy klingelte. Wahrscheinlich wieder ein Agent. Oder seine Frau, die mit Freunden unterwegs war und sich bei ihm meldete.

Es war eine Frau, aber nicht seine, sondern Schwester Dorothea. Ihrer Stimme nach schien es sich um etwas Wichtiges zu handeln. Er müsse sofort kommen, oder wenigstens so schnell wie möglich, zumindest heute noch, die Helga schreie nach ihm und quäle sich unsäglich, und wenn er sich jetzt nicht sofort auf den Weg ins Josefskrankenhaus mache, müsse der Junge ohne ihn zur Welt kommen, aber Helga wolle ihn nicht ohne hin zur Welt bringen!

Hans-Peter benötigte eine Pause, um zu verstehen. „Also, was ist nun, kann ich ihr sagen, dass sie kommen?," drängte die Schwester, bevor er begreifen konnte. „Falsch verbunden!," sagte er und legte auf.

Hatte er das richtig verstanden? Eine Frau namens Helga schrie nach ihm, weil sie ein Kind zur Welt bringen wollte oder nicht konnte oder was auch immer. Was hatte er damit zu tun? Welche Fernseh-Rollen hatte er zuletzt gespielt? War ein Arzt darunter gewesen, ein Gott in Weiß, und jetzt rief man ihn privat an, weil man dachte, er sei wirklich Arzt?

Er starrte auf das Display seines Handys und versuchte, über die Nummer den Ort der Anruferin herauszubekommen: 06221-52 …, das musste Heidelberg sein. Heidelberg? Wieso ausgerechnet jetzt

Heidelberg! Was hatte er mit Heidelberg zu tun! Da klingelte es schon wieder. Erneut Schwester Dorothea, diesmal in einer energischeren Tonart: Wenn er sich weigere, mit ihr zu reden, werde sie die Schwester Oberin holen.

Er habe keine Ahnung, worum es gehe, beharrte Hans-Peter mit sonorer Stimme, er lebe in Hannover und kenne keine Helga.

Das sei typisch, empörte sich die Schwester, erst ein Kind und sich dann davon machen und die Frau allein lassen! Sie, Helga, sei allein ins Heidelberger Josephskrankenhaus gekommen, habe sich geweigert, den Namen des Kindsvaters zu nennen, doch dann, als die Wehen mit aller Kraft eingesetzt hätten, habe sie es sich anders überlegt und seine Telefonnummer genannt, ob er hören wolle, wie sie schreie?

„Nein, keinesfalls, schrie er zurück - er, der im Privatleben nie schrie, nur auf der Bühne: Was er denn nun tun solle?

Kommen, so schnell es gehe, rief die Schwester, er könne bei der Geburt dabei sein, dürfe nur keine Zeit verlieren, sonst sei der Junge vor ihm da.

Aufgelegt.

Hans-Peter Bardt starrte auf sein Telefon. War das ein Witz? Oder die Wahrheit? Eine Frau ist dabei, ein Kind auf die Welt zu bringen, und dieses Kind ist – sein Sohn? Er hat ein Kind? Ausgerechnet er, der sich mit Frauen so gut wie nie eingelassen hat, höchstens irrtümlich mal im Zustand leichter Trunkenkeit. .Er musste sich den Schweiß von der Stirn wischen. Heidelberg - vor einem Jahr hatte er dort gespielt - gab es dort eine kuhäugige Helga, an die er sich nicht erinnern wollte? War das möglich? Er rechnete nach. Dezember bis September, rein rechnerisch war das möglich, aber nicht alles, was rein rechnerisch möglich war, war auch wahr. Er bekommt einen Sohn? Einen kleinen Hans-Peter Bardt? Ist das zu fassen? Hannover – Heidelberg – ist das zu schaffen, bevor das Kind da ist?

Er schreibt ein Kärtchen an seine Frau: 'Musste dringend weg, melde mich später, H-P'. Dann spült er sich Wasser ins Gesicht, wirft sich in seinen weißen Anzug, steigt in seinen Volvo und jagt nach Süden. Volle Pulle, soweit es geht. Dann vierzehn Kilometer Baustelle, Zeit zur Besinnung.

War er verrückt? Was tat er da? Wohin sollte das führen? Nach Heidelberg natürlich, ins Josephskrankenhaus, das gab es wirklich, und wenn es das gab, dann gab es auch eine Helga und bald einen kleinen Bardt, seinen Bardt, Hans-Peter junior! Hatte er eine solche Rolle schon einmal gespielt? Werdender Vater? Wie auch immer, es war eine tolle Rolle – bis hin zu den Schwierigkeiten, die die unverhoffte Vaterschaft mit sich bringt. Was sagt seine Frau, die Malerin, dazu und was Helga, wenn er in Weiß wie ein Adonis vor ihrem Bett erscheint? Wie soll es weitergehen? Hans-Peter zwischen zwei Frauen? Auch Schiller und Goethe hatten das Problem und machten daraus Literatur …

Wer ist Helga? Je näher er Heidelberg kommt, desto dringlicher stellt sich die Frage. Eine Kollegin? Die Tochter der Heidelberger Zimmerwirtin? Dass er sich nicht erinnern kann, verdammt!

Parken. Zum Krankenhaus laufen, halt, Blumen! Er kauft einen Strauß, dann zum Kreisssaal. Wie die Mutter heiße?

Helga.

Mit Nachnamen.!

Wie bitte?

Wie seine Frau mit Nachnamen heiße!

Es sei nicht seine Frau, aber sie heiße Helga.

Die weißen Damen schauen ihn an, als sei er nicht bei Trost, vielleicht ist er's ja auch nicht. Steht da in seinem weißen Anzug zwischen den weißen Schwestern und weiß nicht mehr, was tun. Dann die Erleuchtung: Schwester Dorothea, die hartnäckige Telefoniererin. Tatsächlich, die gibt es, sie wird angerufen, er spricht mit ihr: „Ich bin der Vater aus Hannover, sie haben mich wegen Helga angerufen, jetzt bin ich da …"

Nun braucht Schwester Dorothea eine längere Pause. Das Kind sei gesund, Helga gehe es gut, der Kindsvater sei jetzt bei ihr … und was ihn betreffe, da müsse Helga sich in der Aufregung mit der Nummer geirrt haben, ein Zahlendreher, es tue ihr leid. In Filmen würde er jetzt loslachen, dachte Hans-Peter Bardt, und lächelte sein berühmtes, melancholisches Lächeln, als er sich verabschiedete.

Er fuhr zum Neckar, parkte und spazierte am Ufer entlang: ein eleganter, großgewachsener Herr im weißen Anzug und mit weißem Hut. Er bemerkte, dass er den Strauß, den er für Helga mitgenommen hatte, noch immer in der Hand hielt. Er wandte sich an eine junge Frau, die ihm entgegen kam. „Bitte" sagte er, „für Sie!", drückte ihr die Blumen in die Hand und ging weiter. Er spürte ihren Blick in seinem Rücken. Doch er drehte sich nicht um.

Laufzeit

Sie trafen sich zufällig am Brunnen neben dem Behälter für abgeblühte Blumen und vertrocknete Gestecke. An einem Dienstagnachmittag. Sie will Wasser holen, dachte er, als er sie kommen sah, und füllte eine Gießkanne und bot sie ihr an. Ob er nicht selber gießen müsse, fragte sie. Nein, er müsse nicht gießen, er wisse auch gar nicht wo. Sie sah ihn an, als wolle sie etwas fragen, fragte dann aber doch nichts, bedankte sich und ging. Damals trug sie Schwarz, eine Frau in den Sechzigern. Seither hatte er sie einige Male getroffen, immer an einem Dienstag- oder an einem Freitagnachmittag, seinen Gedenktagen. Dann lief er wahllos die langen Friedhofswege entlang, setzte sich manchmal auf eine Bank, rauchte und lief weiter. Seit zweieinhalb Jahren tat er das, jeden Dienstag, jeden Freitag. Manchmal traf er die fremde Trauernde auf seinen Gängen. Dann grüßten sie einander, er half ihr beim Wasserholen, dann ging jeder seiner Wege weiter.

Seine Frau war auf diesem Friedhof begraben, es gab eine offizielle Grabstelle; seine Kinder hatten dort einen Gedenkstein anbringen lassen: Hier ruht Hilde Kurmin. Das behaupteten sie, der Pastor und der Bestatter. Nur er, Friedrich Kurmin, behauptete das Gegenteil. Wer auch immer dort ruhte, seine

Frau war es nicht. Er hatte sie im Sarg liegen sehen und sich von ihr verabschiedet. Als er später mit der Trauergemeinde in der Kapelle saß, war es ihm aufgefallen: die Griffe, die unter dem Blumenschmuck zu sehen waren, sahen anders aus. Ein anderer Sarg stand dort. Er befand sich bei einer fremden Beerdigung. Er sah die weinende Tochter, den Sohn, die Freunde und Nachbarn, den Pastor: Ein absurder Film lief vor ihm ab. Sehr komisch. Er hatte sich zusammennehmen müssen. Das sei nicht Mutter, hatte er seinem Sohn zugeflüstert; der aber hatte nur seinen Arm um ihn gelegt und ihn gedrückt, als wolle er sagen „Ich weiß schon, wie du das meinst."

Was für ein Theater, hatte er gedacht - und mitgespielt in dieser schwarzen Komödie. Natürlich war seine Hilde tot. Jahre hatte der Krebs gebraucht, bis er sie in die Knie gezwungen hatte; Zeit genug, um Abschied zu nehmen. Als der Sarg ins Grab gesenkt worden war und die letzten kondoliert hatten, hatte er den Pastor beiseite genommen: „Da liegt nicht meine Frau, ihr Sarg hatte andere Griffe. Sie haben eine andere beerdigt. Ich sag's Ihnen nur der Ordnung halber", hatte sich umgedreht und einen ratlosen Hirten stehen lassen.

Der ratlose Hirte hieß Daniel Müller, auch Kirch-Müller genannt, Pastor im Ruhestand. Es freute ihn, wenn er vertretungsweise noch predigen konnte, Kinder taufen oder Bekannte beerdigen. Kurmin war ein alter Bekannter und Nachbar. Die beiden Männer trafen sich oft an der Kasse im Supermarkt oder liefen sich beim Brötchen-holen über den Weg, schwatzten dann über Gott und die Welt. Nun stand Kirch-Müller verdattert am Grab und wandte sich dezent an den Bestatter: Ob eine Verwechslung des Sarges möglich sei, Kurmin habe einen anderen in Erinnerung. Möglich sei alles, war die Antwort, aber äußerst unwahrscheinlich. Wer letzte Gewissheit haben wolle, müsse die Tote exhumieren lassen. „Gott behüte", schluckte Kirch-Müller und folgte der Trauergesellschaft in das Lokal, wo man schon bei Zuckerkuchen, Schnittchen und Kaffee beisammensaß.

Kurmin saß an der Breitseite der U-förmig angeordneten Tische, neben sich Sohn und Tochter mit ihren Familien. Er machte einen gefassten Eindruck, blickte zu Kirch-Müller hinüber und schien zu lächeln – das Lächeln eines Komplizen, der ihm mit einem leichten Kopfnicken mitzuteilen schien, dass er das Geheimnis der vertauschten Särge nicht hier aufdecken werde. Nicht hier – aber wo und wann dann? Kirch-Müllers rotes Gesicht färbte sich noch eine Schattierung dunkler bei dem Gedanken. Er aß Schnittchen und trank Kaffee; es schmeckte ihm nicht. Er hatte, wie er fand, wieder einmal eine großartige Predigt gehalten, doch das Lob mancher Trauergäste über die schöne Beerdigung, das ihm sonst so wichtig war, hinterließ heute einen faden Nachgeschmack.

Er nutzte die erste Gelegenheit, um sich zu verabschieden. Kurmin begleitete ihn zur Tür. Ob es richtig sei, seinen Kindern die Sache mit dem vertauschten Sarg zu verschweigen, um sie in ihrer Trauer nicht zu irritieren, fragte er.

Er habe sich bestimmt geirrt, sagte Kirch-Müller, und das sei an einem solchen Tag voller Schmerz und Unruhe auch verständlich.

„Wenn Sie meinen, dann halte ich also still", antwortete Kurmin und ging zurück in den Saal.

Zuhause schilderte der verstörte Kirch-Müller seiner Frau das Dilemma: Sollte man die Sache auf sich beruhen lassen und die Wahrnehmung des Witwers als Überspanntheit abtun oder musste er den Kindern den Sachverhalt mitteilen?

„Er spinnt", sagte seine Frau, „man kann das auch liebevoller ausdrücken, aber letztlich spinnt er. Das musst du ihm nur klar machen." Kirch-Müller versprach es seiner Frau und verbrachte eine unruhige Nacht. Es blieb nicht die einzige, denn Kurmin beharrte auf seiner Meinung: Er sei bei der Beerdigung ganz ruhig und entspannt gewesen, habe einen klaren, ungetrübten Blick auf den Sarg gehabt und die falschen Griffe gesehen, da gebe es keinen Zweifel.

Wenn er Gewissheit haben wolle, müsse er seine Frau exhumieren lassen, hatte Kirch-Müller gesagt, bis dahin bleibe er als Pastor bei der Meinung, dass alles seine Richtigkeit habe.

Kurmin blieb bei seiner fixen Idee. Kirch-Müller versuchte in den kommenden Monaten, ihm so weit es ging aus dem Weg zu gehen. Nur sonntags in der Kirche stach ihm Kurmin ins Auge, der zu ihm auf die Kanzel hinaufsah und ihn mit diesem Verschwörerblick aus dem Konzept zu bringen drohte: Wir beide wissen, was sich wirklich zugetragen hat, schien er zu sagen.

Die Monate vergingen, Kurmins Behauptung lag wie ein Krebsgeschwür auf Kirch-Müllers Gemüt und verging nicht, im Gegenteil, es wuchs. Eines Tages erwischte ihn Kurmin beim Einkaufen: Seine Kinder hätten jetzt einen Grabstein errichten lassen – sehr schön, aber eben an der falschen Stelle. Wenn er, Kurmin, eines Tages beerdigt werden würde, gäbe es ein Problem – er wolle auf keinen Fall neben einer fremden Frau liegen.

Kirch-Müller seufzte, wie er immer seufzte, wenn er Kurmin traf: ob er denn keinen festen Ort zum Trauern brauche, eine Stelle des Gedenkens? - Der Friedhof sei dieser Ort, antwortete Kurmin, er laufe jeden Dienstag- und Freitagnachmittag die Wege ab; dieses Laufen sei seine Art des Erinnerns und er würde es solange beibehalten, bis die Zeit vorbei sei.

Kirch-Müller seufzte. Kurmins kryptische Äußerung konnte nur bedeuten, dass sein Alptraum lange andauern würde; nie mehr könnte er seinem Nachbarn ohne Skrupel entgegentreten.

Kurmin behielt seine Laufzeit eisern bei, winters wie sommers. Er hatte sie dabei zufällig getroffen – die fremde Frau in Schwarz. Das war an einem späten Frühlingstag gewesen. Sie hatten damals wenig Worte gewechselt, jeder war ganz bei sich gewesen. Sie trafen sich wieder, die Dienstage und Freitage wuchsen sich zu unausgesprochenen Verabredungen aus. Es wurde Sommer. Kurmin begleitete die Fremde manchmal an das Grab ihres Mannes, trug ihr die volle Wasserkanne und erfuhr, dass ihr Mann ganz plötzlich und völlig unerwartet gestorben sei. „Da liegt er nun", sagte sie und pflückte verwelkte Blumen vom Grab.

„Sind Sie sicher?", fragte er und erzählte ihr, was er erlebt hatte. Sie lächelte darüber. „Wir brauchen doch nur einen Ort der Erinnerung, sonst nichts", sagte sie.

„Ja, vielleicht", nickte er.

Es wurde Herbst. Kurmin bemerkte, dass die Frau, mit der er über die langen Friedhofwege spazierte, ihre blonden, mit grauen Strähnen durchsetzten Haare zu einem Pferdeschwanz zusammengebunden hatte; das Schwarz ihrer Kleidung hatte der bunte Sommerwind schon weggeweht.

Sie könnten ihre Spaziergänge auch auf den Stadtwald ausdehnen, fanden sie eines Tages, und anschließend gemeinsam Kaffee trinken. Zwei Jahre nach dem denkwürdigen Begräbnis der Hilde Kurmin musste Kirch-Müller wieder einmal einen Kollegen vertreten und jemanden beerdigen. Er war heilfroh, dass es diesmal ohne Komplikationen abgelaufen war und wollte auf sein Fahrrad steigen, um nach Hause zu radeln, da traf er Kurmin, der ihm Hand in Hand mit einer Frau entgegen kam und ihn begrüßte: „Die Sache mit Hildes Grab ist nicht mehr wichtig, ihre Zeit ist allmählich abgelaufen. Ich wollte es Ihnen nur sagen, der Ordnung halber."

„Danke", sagte Kirch-Müller, „danke!", und atmete auf.

Vom selben Autor erschienen:

MÜLLERS LUST
Ein Hannoversches Schmunzelbuch
Leuenhagen und Paris, Hannover 2012

NACH PFINGS'
Ein Hannoversches Schmunzelbuch
Leuenhagen und Paris, Hannover 2012

DER MANN, DER SICH SELBST ÜBERHOLTE
Geschichten von nebenan
E-Book, 2015